山口 八重子 著

小説

式子内親王

――孤愁の歌人

国研出版

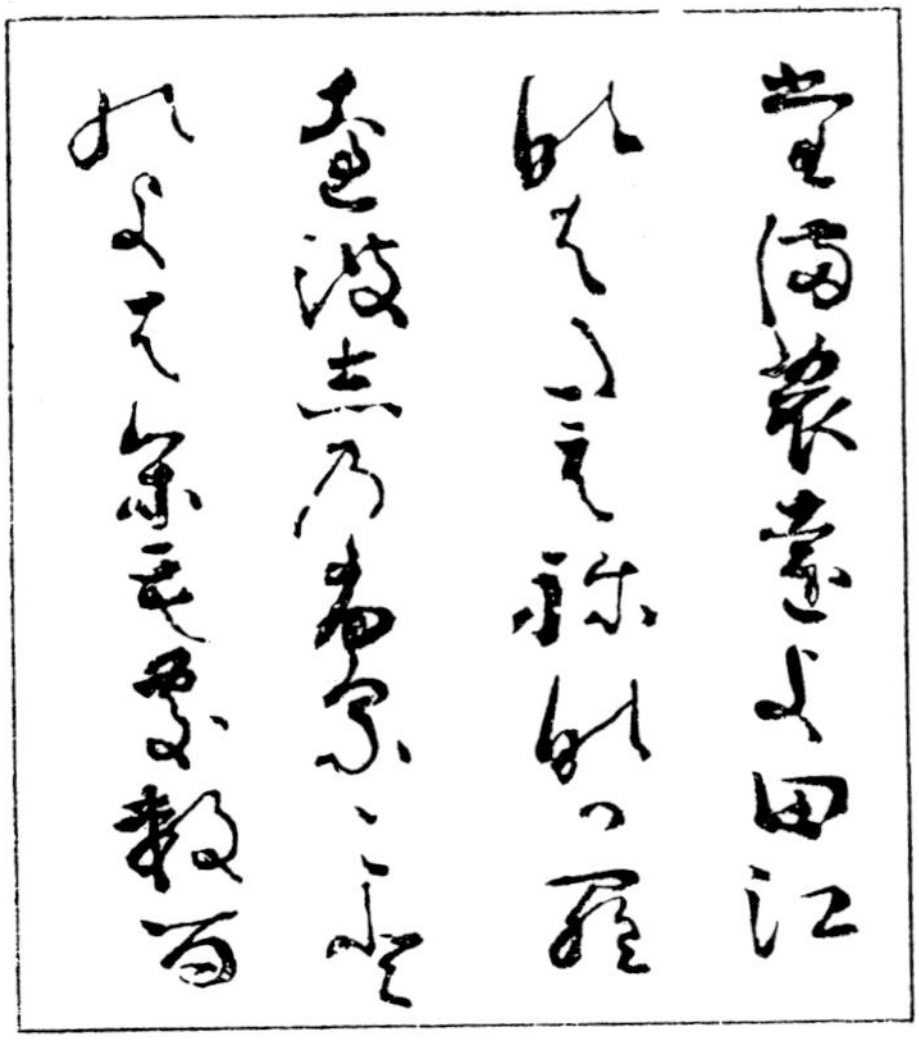

式子内親王の歌
（定家卿真蹟小倉色紙、『集古十種』第一）

式子内親王
（『今様源氏　小倉百人一首』）

目次

カバー写真／百人一首図絵（国文学研究資料館蔵）
カバーデザイン／喜多見　唯子

主な登場人物

式子内親王　七十七代後白河天皇皇女（一一四九―一二〇一、五三歳）。御母は藤原季成の女《むすめ》高倉三位局成子。平治元年（一一五九）斎院卜定。大炊御門斎院と号す。法名承如法。『新古今集』時代を代表する歌人。哀切に満ちた歌を詠んだ。

後白河天皇　鳥羽天皇の第四皇子。諱雅仁。御母は待賢門院璋子。久寿二年（一一五五）第七十七代天皇となる。嘉応元年（一一六九）出家。法諱行真。源平内乱の時代を権謀術数で生き抜いた。今様集『梁塵秘抄』がある。（一一二七―一一九二、六六歳）。

崇徳天皇　第七十五代天皇。後白河天皇とは同母の兄君であるが、いろいろ噂があって、孤独な君主であった。保元の乱（一一五六）後、讃岐に遷られ、その地にて崩御。（一一一九―一一六四、四六歳）。

二条天皇　第七十八代天皇。後白河天皇の第一皇子。生母（贈皇太后懿子）が早世し、孤独な天皇であった。（一一四三―一一六五、二三歳）。

亮子内親王

後白河天皇の第一皇女。殷富門院。同母の弟、以仁王を守り、その御子達を助けた勇気ある行動的な皇女。（一一四七—一二一六、七〇歳）。

守覚法親王

後白河天皇の皇子。北院御室。母は式子・以仁王と同じく、従三位成子。六歳にして仁和寺に入り、策謀により、皇位継承からはずされたが、仏道に精進した。（一一五〇—一二〇二、五三歳）。

以仁王

守覚・式子らと同母の皇子。僧籍にあったが還俗した。平家と戦い敗死、受難の皇子。（一一五一—一一八〇、三〇歳）。

待賢門院

大納言藤原公実女。璋子。崇徳・後白河両天皇母。鳥羽天皇の中宮。天皇の寵愛を受けたが、後に入内した皇后美福門院に寵愛を奪われ、皇子、皇女を幾人も持ちながら淋しい晩年であった。（一一〇一—一一四五、四五歳）。

美福門院

中納言長実女。得子。保延二年（一一三六）従三位。先に栄えていた待賢門院をおさえて皇子の近衛天皇を先に皇位につけるなど、活躍は華々しかったが、短命であった。（一一一七—一一六〇、四四歳）。

八条院　鳥羽天皇の第三皇女。暲子。御母は美福門院。（一一三七―一二一一、七五歳）。

藤原俊成　俊忠の子。定家の父。皇太后宮大夫。法名釈阿。五条三位と号す。『千載集』の撰者。家集『長秋詠草』・歌論書『古来風体抄』等あり。御子左家の基をきずく。（一一一四―一二〇四、九一歳）。

藤原定家　俊成の子。為家の父。京極中納言と号す。『新古今集』『新勅撰集』撰者。家集『拾遺愚草』、歌論書『近代秀歌』、日記『明月記』など多数。式子内親王をひそかに慕い、支援した。（一一六二―一二四一、八〇歳）。

九条兼実　五摂家のうち九条家の祖。法性寺関白忠通三男。後法性寺殿・月輪殿と号す。源頼朝の後援によって文治二年（一一八六）摂政、建久二年（一一九一）関白。日記『玉葉』がある。（一一四九―一二〇七、五九歳）。

一　子どもの声

珠玉の姫

父君鳥羽天皇四の宮雅仁親王は庭にたたずむ幼女にお目を注いでいらっしゃる。そのお目の先は、姫君式子なのである。

父君は姫君式子に殊にお目をかけておられる。幾人もの御子をお持ちだがとくに六歳のこの姫君にはお目をお離しになることが出来ない。幼いのに他の御子とはどこか違うと思っておいでになる。姫君は花の咲く下で、目を閉じて、お顔をちょっと仰向けて、花の囁きに聞き入るようにしていらっしゃる。そのお顔は花まつりの日の行列の神輿の上のみ仏のように美しい。

花の囁きがあの幼い子にどうしてわかるのであろうかと父君は不思議に思われる。

木洩れ陽が姫の顔に差し、ゆらゆらと葉影がゆれると、父君はお心をゆさぶられ、あらためて幼女のお顔をお見つめになった。

そのお目の優しさ、神仏の声を聞き分けていらっしゃるような、透徹した気に満ちたお顔は神か仏のお使いかと思われた。このいたいけな御子を斎王にさし上げる日がいつかくるのではと、ふといたましい思いになられた。

　姫君は何かはじめられたようである。早春に花が咲き、今は子房がふくらんでいる草花に手を触れて、種子を集めていらっしゃる。花が咲いた時、花の色分けをして目印をつけておかれたのである。姫のために父君が特別お取り寄せになったすみれの花である。

　庭に出ておいでになった父君が側にお立ちになっても姫君はお気づきにならない。

「種子を採っているのですか」

　と父君が声をおかけになるとはじめて気づいてにっこりお笑いになった。何と幸福そうなお顔であろう。

　父君はお邸深くおこもりになっていても不穏の世の情勢が伝えられ、お心の休まるひまもない。母君の違う弟君が先に皇位にお即きになり、胸の焼けるような思いの時もおありになる。そのような時に姫君のお姿をご覧になっていると、現世を捨てて静かな仏の道に入るのもよいと思われるが、不安があるから生きる力も湧いてくるのだと、この世に深い執着を抱かれる。

　父君にとって姫君式子も現世の執着のひとつである。幼女ながら、静かな深い美を秘めた神の使いとも思える珠玉の子が我が子なのだとお思いになると、この世でめったに手に入れることの出来ない宝物を目の前にして出家遁世することは思慮のないことに思われた。皇位にかかずらうことも運命であるとすれば、逃げることなく進まねばならない。幼女の純粋でひたむきに物を見つめる姿に、真実を求めて強く生きる精気を授けられたように思い直される。

ご一緒に花の種子をとって、姫の小さな掌にお移しになる。少し汗ばんだ小さな掌に黒くこまかな種子はさらさらと移された。握りしめたふくよかな掌を父君は優しくご自分の掌で包んで、いとしいものをいたわるように、しばしお離しにならなかった。

土に落ちた木の影をご覧になって姫君は、

「あら、お勉強の時がきてしまいましたわ。もう少しこうしていとうございますのに」

とおっしゃった。

「木の影を見て時刻をはかるのですか」

父君はいつの間にか知恵をつけていかれる幼女を頼もしく覚えた。政争の噂の飛び交う浮き世のあやしさに翻弄され、それに流されまいと鳥のように鋭く目を光らせて生きねばならない最近の情勢である。出家遁世する人らをご覧になるにつけても、ご自分は姫とのこの小さな世界にしばし逃げ込むことの出来る幸福を秘密を守るように大事にしようと思われた。

「今日は何のお勉強ですか」

「古今集ですわ。夏のお歌です。父上もお小さいとき勉強なさってよくおわかりなのでしょう」

父君はおませな口ぶりに軽くお笑いになった。父君だって幼い時から、うるさい先生について漢詩・漢文・和歌を一通り学習された。だから基本となる学識はしっかり身につけていらっしゃる。だが和歌はどうしても性に合わない。堅苦しいものなのである。心に訴えるものをそのまま五・

七・五・七・七の韻律に乗せて表現すればよいというものではない。それはもう難しい学問である。先ず古歌を学ばねばならない。縁語、掛詞などの手法を習得し、情景や思いを古歌にならって三十一文字の世界を表現しなければならない。その学問的で窮屈なところがお気に召さないらしい。

考えてみれば大内では儀式にしても行事にしても威厳があり気品のある和歌が重んじられた。

近くは鳥羽の本院のご祖父に当たる白河天皇は『後拾遺和歌集』『金葉和歌集』を編まれた。父君の御兄崇徳院は『詞花和歌集』を編纂された。

父君の母上、璋子待賢門院の出自である閑院流には歌人が多い。そうした血筋の父君は感性の強いお方であるが、一風変わったご性格で型にはまったことがお嫌いであった。今様の歌謡の気楽なところがお好きなのであった。だが上品で優雅な和歌の美しさにも魅力を感じていらっしゃる。だから御子の姫君が立派な歌人になられるであろうと将来が楽しみなのである。

姫君は名残おしそうに父君と別れてご自分のお部屋に帰っていかれた。

父君は庭を散策しながら、姫が東の階より廂に廻られて簀の子より上がり妻戸を押して、庭から見通されるお部屋に入ってこられるのをお待ちになっていた。

間もなく姿をおみせになった姫君は文机の前にお坐りになった。

文机に草紙をひろげてお読みになっているようであったが難しい箇所にいき当たったのか頬杖をついて考えこんでいらっしゃる。そのお姿がちょっと学者ぶって気どって見受けられるのが何とも言えず可愛くほほえましい。

父君の今様は十代にしてすでに趣味の域をはるかに超えていた。今も早朝から始まり、日中も夜も絶えずうたっておられる。

そのお声は爽やかな風にのって庭の木々の緑をそよがせて空に響いた。又荒れた日は、その風にあらがうように逞しい声で朗詠なさる。

暗澹とした雲行きの中で、少しでも気の休まる世界に身を置いていたいと望まれるのかもしれない。

お心のうちをお察しして同情申し上げる近臣はいたが、お仕えする者すべてが今様の趣味をおほめするわけではなかった。

「日本古来の伝統のある和歌がありますのに、どうして下々の者が好む歌謡をおうたいなさるのかしら」

と貫禄のある古参女房はまだ小さい姫君にまでこっそり耳打ちをする。利発な姫君だがその女房に対抗して意見を述べるほど成長していらっしゃるわけではない。古参女房はそれを承知で不満をぶちまけるのである。

この女房は品のない歌謡が御所中に響き渡るのが好みではないらしい。眉をひそめて暗い表情で言うのである。

「昨夜は出自もわからぬ卑しい女を、歌謡の朗詠が上手というだけで御所に召し上げ、上座に据えて、丁重なおもてなしでした。その白拍子を見出して連れてきた侍にもご褒美をお取らせになりました。その白拍子には美しい衣装を下賜なさいました。白拍子は職業ですから舞いは上手、声もよいのが当然です。御父君は、私は弟子なのだからとへり下りなさって、まるで女王に仕える家来のように女をまつり上げておいでになりました。庭のかがり火に映えて、舞台の白拍子は美しく浮き彫りにされていました。お父君は恍惚と見とれてご自分の立場をすっかりお忘れのご様子でした。私はまこと正視申し上げることは出来ませんでした。姫様はどのようにお思いになりますか」

姫君はどのように答えたらよいのかおわかりにならない。その女房の言うように父君は天皇にふさわしくないお方なのだろうか、とご自分までけなされたようにひどく落ちこまれてしまう。でもお小さいのに我慢強いお方で、ご自分を主張なさることはない。

父君がお好みになるのだから、あのような歌謡が眉をひそめるような下品なものとは思えない。父君のお声は堂々としていて影がない。どこか哀調のひびきがあるようでもあるし、何かをねだる甘い調子もあるようだとお思いになる。そして父君の表情は真剣で、一途な強さがあるので、姫君は父君の世界にひきずりこまれていく。この気持ちは女房の言うように慎まねばならぬことなのであろうか。

「姫君は今様などお好みになってはいけません。皇室にお育ちになったお方は和歌のお勉強が大切です。三十一文字の短い和歌ですが奥の深い日本の文学です」

と古参女房は和歌の学問を強調した。

「古歌をよくよくお学びになって下さいね」

と念を押した後、又今様をけなして幼い姫君のお心をあれこれと悩ませるのである。でも女房が「今日はどのお歌からでしたか」と勉強をうながすと、和歌のお好きな姫君はお気を取り直して、女房が書き写してくれた草紙にお目を移された。そして『古今集』夏の歌、きのつらゆき、

夏の夜のふすかとすれば郭公なくひとこゑにあくるしののめ

を朗唱された。

女房は紀貫之が好きなので、講義は丹念である。姫君が淀みなくお読みになるので機嫌が良い。「よくお読みになれましたこと、姫君は和歌を詠む素質がおありになります。和歌は詩でございますから詩の心がおありにならないと和歌は詠めません。今日の読み方はこの貫之の歌の心を十分体得なさっている読み方です。ご立派です」

今まではぽきぽきと木の枝を折るようにお読みになっていた。仕方がない、姫はまだ小さくて字は完全にお読みになれるわけはないのだから。けれど女房の特訓で何回も朗詠したので上手になられた。

「夏の夜の短いことを詠んでいるのです。『あくる』は夏の夜のあけること。その短いことを、『ふすかとすれば』横になったかと思うと、と表現し、『ほととぎすなくひとこゑに』とあらわしています。そしてしののめ、としめくくっています。ほのぼのとした明け方の空は姫さまのお目の中に静かに映っていることでしょう」

姫君はすがすがしい夏の暁の空が、四季を通して殊にお好きなのである。だからこの和歌も、好きになられた。

「姫様は父君とどのようなお話をなさっていらっしゃいましたの。お花の中を散策なさって楽しそうでいらっしゃいましたわ」

姫が父君に感化されて今様の世界に踏み込んでいかれたら困る、と女房が懸念していることに気付いた姫君は

「深くお話する時間はありませんでしたの、父君は和歌や漢詩の勉強もなさったのですね、どうして今様の方に進まれたのでしょう。いつかお尋ねしようと思っています」

幼いのに姫君はしっかりしていらっしゃる。その言葉に女房はほっとした。姫が父君の今様に引きずりこまれていかないように、和歌の魅力を十分に習得して頂かねばならない。その方が大事なのだと女房は、今様をけなすことはやめにした。

今様と父君

年が改まった。今年こそ停滞した運勢が展《ひら》けますようにと、神に祈る力強い今様のうたが響いていた。

姫君式子は御殿から聞こえてくる父君のお声に感じ入っていらっしゃる。なんと爽やかで明るい調子のおうたであろう。

今様を習っていらっしゃるわけではないまだ十歳にも満たないお子では、いくら学問好きの姫君でも、父君がいつもおうたいになっていても今様のおうたはおわかりにならない。でも今日はいつもと違ってなにかが伝わってくるように思われる。

音羽山からさし登る朝日の美しいこと。胸の鼓動の高鳴るような感動は、父君の打つ鼓のせいばかりではないようである。

ご自分の運勢がどのように展開していくのか考えたこともない幼い姫君だが、今朝ばかりは、行手に瑞兆が見えるような喜びに心が弾んでくるのであった。

父君のご運勢が強くなりますようにと祈りながら、お唄をお聞きになっていたが、姫君の頬に、紅が差しはじめ、お目が輝いてきた。

「そうだわ」

姫君は喜びをかくせないような身の軽さで、ご自分のお部屋に戻り、文机に向かわれた。

今までのお勉強のあとをたどりながらまず『古今集』を開いてごらんになる。

巻第一　春歌上　巻頭の歌は在原元方の歌、

　年の内に春はきにけりひととせをこぞとやいはむことしとやいはむ

在原元方さんは面白い人である。十二月中に立春がきたと言ってそれを去年と言ったらいいか、今年と言ったらよいのかと迷っていらっしゃる。暦のめぐり合わせでそうなったのだから深刻に考えて歌にまで詠むこともないのにとおませな顔つきである。女房のご指導でもう何度もお読みになっているのである。女房の筆跡は続け字で崩してあるので読むのにはずいぶん苦労なさった。でもこの歌はもうすらすらとお読みになれる。

「『古今集』ではなかったわ」

姫は『拾遺集』を開いてごらんになった。

巻第一巻の春の歌に壬生忠岑《みぶのただみね》の、

　　春たつといふばかりにやみ吉野の山もかすみてけさは見ゆらん

があるのをお見つけになった。

「やっぱりね」

と驚いた表情である。春、霞の崩し字も大変むつかしかった。でも巻頭の歌だから何度も読んだので今はすらすらとお読みになれる。

それにしても勅撰集の巻頭の歌を父君が今様でおうたいになっていらっしゃるのに気付いた姫君は驚きと共に困惑の面持ちである。

女房達が「父君が今様など下品な歌謡をお好みになって、私どもは恥ずかしくて聞いていられませんわ」と常にさげすんでいる今様の中に、立派な勅撰集の和歌があったとは。

姫君は澄んだ空気を胸一杯に吸って、父君は立派な和歌を朗詠していらっしゃるのだと誇らしい気持ちになった。

　そよ　春立つと

いふばかりにや　み吉野の
　山もかすみて　今朝は見ゆらん

　囃し言葉の「そよ」が軽快で、幼い姫君は気に入られたようである。

立春の朝だと思うと、吉野の山も春らしく霞んで見える。父君は何に希望をもって朗詠しておられるのだろう。生身の喉の耐えうる限りの力強いお声である。

今すぐにこの思いを父君に伝えたい焦燥にかられながら、その心をおさえて、じっと父君のおうたに聞き入っておられる。

そのうち武士が力を大きくしてきて、政治的に混沌とした深く長い淵に遭遇されそうな父君である。父君も流れに押し流され、あがきながらどうにもならない閉じこめられた生活をお送りになるのか。

うたい手のお客様が大勢いらっしゃって父君はご機嫌よく合わせておうたいになっているのである。

「今様などのうたい手と姫は気安くお話なさってはいけませぬ」

と恐い女房が目を光らせているので、女房が、卑しい遊女と言って蔑んでいる女の人が退出するまで、姫君は父君のところに飛んででも行きたい心を押さえていらっしゃる。

姫君の母君はやはり和歌の勉強を姫に進めていらっしゃる。上品で物腰がやわらかく大声をお出しになる方ではないので、父君となれ親しみ大声でうたう女の人が品がよいとはお思いになれない。

やっぱり和歌をたしなむ人の方が人物が上のように、思っていらっしゃる。父君がどうしてそのような女の人と馴れ親しんで長時間今様をおうたいになるのか、幼心にも納得がいかないのである。あの女の人達が早く帰ってしまえばよいのにと、じりじりなさる。だが姫君は早々に帰ってしまわないことを知っている。度々そのようなことがあるからである。

母君だって快く思っていらっしゃらないことぐらいは幼い姫君はよく承知していらっしゃる。父君は家族以上に、と思えるくらいに、その女のうたい手の世話をなさるのである。いつでも御所に来てうたえるようにと、御所の近くに宿を用意なさって、うたい手を住まわせていらっしゃる。父君は今様と結婚されてしまったようだと母君は妬ましくお思いになる。歌い続けてお疲れになると宴となり、お酒が出てたいそう賑やかに談笑なさっていらっしゃる。

そのことが意識されて、いつも父君に忘れ去られてしまったと思う不満がわだかまり、姫君や母君のご生活は慎ましく、少しお淋しいご様子である。

姫君は今様と『勅撰集』の関係が頭の中に一杯で今夜のお食事は喉に通らない。でも我慢強い姫君は今様の宴が果てるまで、じっとお待ちになっていらっしゃる。

宴が終わっても、庭のかがり火はますますさかんであった。そしてまたおうたいが始まった。

姫君は、父君を今様の女人にとられてしまったという思いが強くなり、さすがに我慢強い姫も業をにやしてご寝所に入っておしまいになった。

翌朝姫君は早や早やとお起きになって、父君のご寝所のあたりまで歩いておいでになった。

昨夜の宴の余韻がくすぶっている様子で、幼い目にはそれが余り好ましい空気には感じられなかった。

そっと奥に目をおやりになると、父君が端然と文机の前に坐っていらっしゃるのが目に入った。昨日の父君とは別人のようであった。

やっと父君が姫の父君にかえって下さったような嬉しさで、かけ寄りたい思いがした。しかし父君はそれを拒んでいらっしゃるのではないが、何かをひそかに訴えていらっしゃるように思えた。

父君の許には幾人もの公卿達が訪れてきて長々と密談のように交わされているのを、姫君は知っている。それは大事なお話なのだと女房から知らされている。そのことで父君は考えこんでいらっしゃるのかしら、お邪魔をしてはいけないとためらっておいでになった。その時、

「こちらにいらっしゃい」

と父君がお呼びになった。姫君はうれしくなって、飛ぶようにお側に寄っていった。父君は今様のうたを整理しながらうたい方を符号によって記していらっしゃるのだった。

「やっぱり父君は今様が一番お好きなのですね」

父君の肩越しから草紙を覗きこみながら拗ねるような調子でおっしゃった。

「ごめん、ごめん、そういうわけではないのですよ、一番大事なのは姫達ですよ」

姫君はそのあとを受けてすかさず尋ねられた。

「母上はどうなのですか」

父君は少し困惑の表情をされた。

「母上がそのようなことを姫におっしゃるのですか」

「いいえ、別に何もおっしゃいませんわ。でも母上はお独りのことが多くてお淋しそうですもの」

父君は、いつの間にか姫がおませな口をきくようになったと驚かれた。そして以前のように御一家で睦まじく生活することがほとんどなくなった、と思われた。姫がこんなにおませな口をおきになるまでになった時間がかなり長かったと改めて考えさせられるのだった。

「父君は何もかも忘れたように熱心に今様のお稽古をなさるのですもの、お上手になられるのは当然ですわ」

姫は皮肉も上手になられたと、苦笑された。でも姫に言われたことはお心にひどく響いた。そして母君や女房達が憂わしげに今様のことを口にしているであろう様子を想像された。でも理解して少しは許してほしいとお思いになったが、姫には何もおっしゃらなかった。幼い姫に話したとて納得してもらえるものではないのである。

「そうですね、これからは度々一緒に食事をするように心がけましょう」

とおっしゃって、

「ところで和歌のお勉強は進んでいますか」

とお尋ねになった。姫君ははっとして、

「そうでしたわ。私そのようなことを申し上げに参ったのではございませんの」

と姿勢を正して、

「私びっくり致しましたの」

と申された。

「まあまあ、あらたまって何ですか」

「父上は、『拾遺集』の壬生忠岑の和歌を今様でおうたいになっていらっしゃるのですもの。驚きましたわ」

父君は緊張をゆるめて身体中でお笑いになっているように大きな身体をゆすられた。今様の話がそれほどお好きなのである。それに可愛い御子が話しかけてこられたのだから、嬉しさはひとしおである。

「何のことかと思いましたよ。姫が今様の話をするとは意外でしたよ。今様に興味を持つと女房に叱られますよ」

「大丈夫です。勅撰集の歌をうたっていらっしゃるのですもの、父上はご立派ですわ。今度そう言ってやりますわ。女房は驚くでしょうね」

「いや、女房達はそのくらいのことは知っていますよ」

「ではどうして嫌うのでしょう」

「さあね　姫はどう思いますか」

「よくわかりませんけれど……」

姫はおつむをかしげて考えこまれた。

「父上がどこの誰ともわからない女の人を御所にお入れになって、なれなれしくお話しされたりお笑いになって、おうたいになって、そのあと、ご褒美に美しい衣装をおとらせになり、お酒を飲んだりお食事をしたり夜中までお続けになるのですもの、私だってそういう父上は好きではありませんわ」

ただただと遠慮しておっしゃるのだがその言葉には父君の心を刺すとげのようなものがあった。父君は考えこんでしまわれた。姫はお淋しいのだとお思いになった。

「でも私は今様を習って父君とご一緒にうたいたいとは思いませんわ」

お小さいのに姫はしっかりご自分のものを持っていらっしゃるのだとあらためて感心なさった。

「私は女房から習った和歌の朗詠が好きでございます。……だって今様は騒々しくて調子はいいのですが……それに品がありませんわ」

これが十歳に満たない幼女の言う言葉であろうか。多分女房の口ぶりを真似て言っているのであろうが、和歌の方がよいと言われるその自信に満ちた言葉に父君は驚かれた。この自信があれば姫はその道を一途に進んで一家を成されるであろうと、つくづくその顔をご覧になった。

「父上も和歌の勉強を一通りお習いになったそうですが、どうしておやめになりましたの」

姫に詰問されているようである。

「そうですね。私の母上が今様をお好きでしたね。今様の上手なうたい手を御殿にお呼びになって聞いていらっしゃるのを偶然聞いて魅せられてしまったのですよ」

　父君は母上を思い出しておられたが、

「姫のお祖母様は待賢門院と呼ばれて大変美しく魅力的な方でしたよ。帝にも臣下にも、仕える女房にも慕われる方でした。愛嬌よく誰にも優しく声をかける方でした。まあ女らしいということでしょうか。」

「私の母上も女性らしい優しい方ですわ」

「姫の母上の叔母様に当たる方ですが、母上とはちょっと違いますね。芸能ごとがお好きで日常は賑やかにお過ごしのことが多かったですね。福よかでお客様のおもてなしがお好きで、お上手でしたよ。だから御殿は人の出入りが多く、まあ派手にお暮らしでした」

「わかりましたわ。今様がお好きで、お客様が多くて、いつもうた声のする御殿でしたのね。父君と同じですね」

「姫の言う通りですね。御殿には歌人の女房が仕えているのに宮中の伝統である歌合わせをお祖母様が進んで催されることはありませんでした」

「それでは今お祖母様が元気でいらしても私とは気が合いませんでしたわ」

「でも和歌を詠みたいと思っておいでになったのではないでしょうか。姫の父と同じようにね。でも才能がなかったのですから仕方がありません。和歌の好きな姫をお祖母様は大事にして可愛がられたでしょう。私と同じように。不思議なことに、先祖には歌人がいて活躍しましたのに、この父や祖母様のように和歌が好きなのに詠めない人がいるのですなあ」

父君は膝を軽く叩いて調子を取りながら、うたい出された。

そよ　わがやどの
梅の立ち枝や　見えつらん
思ひのほかに　君が来ませる

和歌の朗詠とは違う軽みが、とりつきやすいなれなれしさがある。そこが下じもの者が好むと言って女房がさげすむのだと姫君は思っておいでになる。

「女房に聞こえないように、小さな声でうたいましょう」

父君は一段と声を低くされた。

「この歌は『拾遺集』春の巻にありますよ。作者は平兼盛です。梅の花は人待ち顔に咲いている、その梅の盛りに目をとめて、思いがけなく、恋しい方がわがやどを、よくぞたづねてくださった。これが今様のこころですね。姫にはまだおわかりにならないでしょう」

「はい」

「だから女房が俗っぽいというのですよ。姫は習わなくてもよろしいのですよ」

「平兼盛の和歌もあるのですね」

「『古今集』の和歌の方が良く知っていらっしゃるのでしょうね。では『古今集』の歌を今様で唄いますよ。小さな声で唄いますからよく聞いてくださいね」

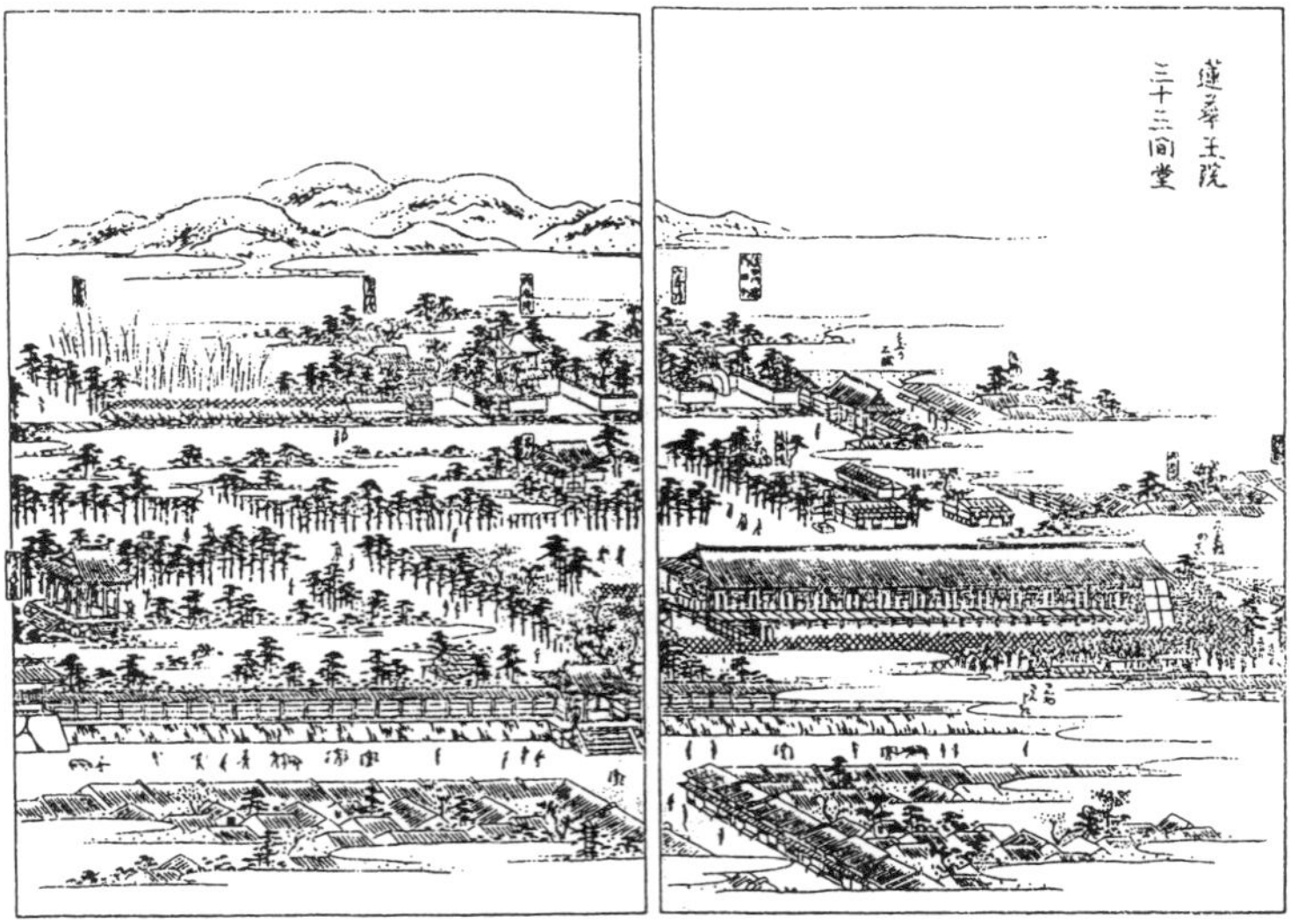

蓮華王院三十三間堂（『都名所図絵』巻之二）
後白河法皇の勅願で、長寛2年（1164）平清盛が建立。
院の御所法住寺殿はその東側にあった。

父君は大変ご機嫌がいい。

そよ　わがやどの
池の藤波　咲きにけり
山ほととぎす　いつか来鳴かん

「『古今集』夏歌の最初の歌です。作者はわかりません。このわがやどの池の藤の花も間もなく咲きますね。花がゆらゆらゆれる様を波にたとえています。池の縁語です。美しい光景です。そして山郭公が来るのを作者は待っています。『いつか来鳴かん』いつか来て鳴くのだろう、早く来て鳴いてほしい。『わがやどの池の藤波咲きにけり』藤の花が咲いたので、作者は嬉しくてしようがない、その気持ちがよく出ていますね。咲いたことだなあと喜びを表しています。ああ　ほととぎすがそのうちに来て鳴いてくれることだろうなあ、この気持ちもよくわかりますね。さわやかな純粋な気が流れています」

そして「そよ　わがやどの」とおうたいになった。

「父上のお歌を聞いていますと、作者のうきうきした心が私にもよくわかります。女房の読み方ではそれ程感じられませんでした。父上は和歌のことを十分おわかりになっていらっしゃるのですね。感心しましたわ。お心のこもったおうたいぶりなのですもの」

「姫に褒められて嬉しいですね」

「女房に父上のことを自慢したくなりましたわ」

「女房は陰で今様をずいぶんけなしているのでしょうね。さ、もう一つうたいましょう」

　そよ　秋来ぬと

　目にはさやかに　見えねども

　　風の音にぞ　おどろかれぬる

　父君は涼しい声でおうたいになった。姫の目が輝いて生き生きとして見えた。この歌の何が姫を感動させているのであろう。父君のお目は感動で震えている姫の小さな心を捉えてはなさない。うたい終えた父君は姫の言葉をじっと待っていらっしゃった。

「もう秋なのですよね。私その心よくわかります。私もそう感じたことがあります。このお歌のように素直に表現してそのまま和歌になるのですね」

「姫のそのこまかな観察とものに驚く気持ちと美しい心があればそのまま和歌になるのですよ。『万葉集』の昔からそうでした。上手に詠もうとしなくてもよろしいのです」

「よくわかりました。今日の父上のお話は面白く、おうたの心もわかって、女房のお勉強よりもよくわかりました」

　姫君は首をかしげて不思議そうにおっしゃった。

「こんなよいお歌がありますのに、今様はどうしていけないのでしょう」

　父君はちょっとお笑いになって、

「そうなのです。このような立派な和歌が今様でうたわれているのですが、今様は一般庶民の間でうたわれるもの、いわゆる下品だとする歌が多いのです。古くから庶民がたわむれてうたうものが多いのです。ですから皇族のたしなむものではないと言うのです。でも人の心をよく表わしています。人の心は上も下もない。今様にうたわれる心は人間の真実と思いますよ」

父君はご自分で整理なさった今様の草紙を繰っておられたが、

「こういう歌もあるのですよ。」

とおっしゃった。

ほとけは常にいませども
うつつならぬぞあはれなる
人のおとせぬあかつきに
ほのかに夢にみえたまふ

父君のおうたいになるうたは、お経のように難しく、広い空のように、とりとめもなく、つかみどころのないもどかしさがあったが、うたい方がお上手なためか、未来に必ずよいことがある有難いお経のように、姫君はお聴きとりになった。

「みほとけは常に私達のまわりにおいでになって、守って下さっているのですよ。でもお姿を拝することは出来ません。み仏を信じて念ずるのです。するとまだ人の声もしないあかつきにほんのりとお姿をおみせになった――」

姫君はじっと耳を傾けておいでになった。父君がそのみほとけのように尊く見えた。

父君からみほとけの話を聞くのははじめてであった。女房達の語る今様の話からは、このように有難いものであるという印象ではなかった。遊び戯れるだけのものなのだと思っていらっしゃった。

「父君はみほとけのお姿をごらんになりましたの」

「いいえ、まだ拝んだことはありません、信心が足りないからでしょう」

「父君はみほとけを信じて、何をお祈りになりますの」

父君は姫が、以前のように、一家揃って談笑したり遊びをしたりする時間を持ち、母君も笑顔でそこにおすわりになっている暖かくて、ゆとりのある日常を望んでいらっしゃることを知っておいでになる。

「それはもう姫達をどのようにしたら幸福にしてあげられるか、考えない日はありません」

姫君はゆたかな頬を紅色に染めて、お喜びになった。

ご一家は高倉三位局を母として男皇子二人、女皇子三人の豊かでにぎやかなお暮しにみえた。しかしそれはお子達のお遊びになる歓声とひとときの団欒だけであって、父君はいつまでもご家族に囲まれてなごやかにお過ごしになれるご心境ではなかった。

鳥羽天皇の第一皇子（顕仁《あきひと》親王）が即位して、崇徳天皇となったが、皇后得子の計略的な強引さに押されて退位させられ、得子の生んだ五の宮（体仁《なりひと》親王五歳）が皇位についた。近衛天皇である。斥けられた式子の父君（四の宮）はその時十七歳であった。

近衛天皇は病弱で、いつ退位のことがあるかもしれない。

美福門院得子は母君を亡くされた四の宮の第一皇子守仁（母源懿子《よしこ》）を猶子、つまり養子に迎えてつぎの天皇の位につけるそなえであった。その守仁の父君はどうなるのであろうか。

四の宮には高倉三位局との間に年毎のように御子が生まれ、男皇子は二人もいらっしゃる。

美福門院得子が鳥羽天皇の寵愛を争った待賢門院璋子の皇子が崇徳天皇と四の宮なのである。どうしても待賢門院の流れに皇位を渡したくない美福門院である。だからご自分の身もさることながら皇子達の将来も楽観してはいられない父君である。

四の宮に仕え、皇子達の面倒をみている女房達は皇子可愛さに、今度は必ず四の宮が皇位にお即きになり、皇子達も隆盛に向かわれると信じ、祈っている。しかし退位された崇徳天皇には皇子重仁があり、美福門院が既にその皇子も猶子にして、権威を維持しようと謀っているのである。

後見役であるはずの母方の祖父藤原季成は待賢門院の弟であり従二位大納言である。しかし性温厚で、娘の高倉三位局や孫宮達の隆運を願ってあれこれ画策する人ではなかった。

四の宮の皇子達は幼い時から逼塞《ひっそく》状態に置かれていた。

関白忠通は美福門院とはかり、病弱な天皇にもしものことがあった場合は門院の猶子である四の宮の第一皇子守仁親王を皇位につけようとしていた。

四の宮は複雑な心境であった。姫宮式子は幼いながら、父君にとって険悪な雲行きをおぼろげながら感知していた。

大事な時に今様にのめりこんでいる四の宮を悪しざまに言う人はあったが、お気の毒な父君を幼いながら理解し、同情していた。

今日のように父君が心を開いて、姫君のために今様の心を説き、うたって下さったのがなんともいえず嬉しい。父君がぐっと近くなったように思えた。

「有難いうたをうたってあげましょう」

父君はこうおっしゃって、少しかしこまってうたい出された。

　観音　光を和らげて
　六つの道をぞふたげたる
　三界　劫数《こうしゅ》　わたる人
　やらじ　と思へる心にて

「南無大悲、観音さまはお姿をやつして六道の辻に立っていらっしゃるのです。なんのために、それはね、迷いの世界をさまよって渡っている人を追いかけて、取り逃がすまい、救ってやろうとしていらっしゃるのです」

「仏さまは私達を救ってくださるのですね」

「でも仏さまのお声を聞こうと努力しなければ救って頂けませんよ」

「はい」

父君のおっしゃることが難しくてよくわからない。でも父君のお顔は柔和でお声がやさしいので、何となくわかったようにお思いになる。

父君にはこの頃お客様が多くなり、女房がひそひそと囁く密談とやらで、その後はむつかしいお顔の時が多い。

何か事が起こる予感があって幼い姫君のお心もおだやかではない。でも今日は朝から心のなごむよい日である。

事が起こらなければ納まるまいと女房達のひそひそ話を聞いたことがあるが、どうか父君にとっても姫君御姉兄妹にとっても悪いことが起こらねばよいがと小さな胸を痛めて考えるのだった。

父君は姫のお顔をじっとおみつめになった。幼いのに大人の心を察知して、小さな胸をおののかせていらっしゃるのを痛々しくご覧になった。

感受性が強く、だが感受したものを胸に秘めて耐えることの多い姫宮である。

父君のお子達が必ず受けるに違いない試練が明日にも襲ってきそうな不穏な状勢を、なんとなく身に感じとっている姫君である。幼女の哀れを、父君はつくづくお感じになった。

遊びの盛りなのに学問をし、今から忍耐の生活がそこにある。何もかも忘れて無心に遊ぶ世界が、今から姫達にはない。御自分の責任のように父君はご覧になる。

遊びをせんとや生まれけむ

戯れせんとや生まれけむ

父君は澄んだ声でおうたいになりながら、姫の手をとり、庭に下り立ってお歩きになった。

初夏の陽を浴びて父子は散策をなさる。木洩れ陽が時折きらっと光る。

遊ぶ子どもの声きけば
わが身さえこそゆるがるれ

父君のお声は爽やかな風に乗って空の彼方に吸いこまれていく。

姫君はにこやかな父君のお顔を見て、このひとときは父君もおしあわせなのだと、つくづくみつめた。

二　御垣の内

葛藤《かっとう》

式子内親王の御祖母は、鳥羽天皇の中宮待賢門院である。鳥羽天皇の第一皇子は崇徳天皇であるが、二十五歳にして退位させられ、異母帝の近衛天皇に譲位した。五歳であった。式子内親王の十七歳の父君をこえてなぜ五歳の近衛天皇なのであるか。

皇后と中宮の軋轢《あつれき》と言われている。

鳥羽天皇にあれほど寵愛《ちょうあい》されておいでになった璋子さまは、あとから入内された得子さまの若い魅力ある美しさに負けておしまいになったようである。

璋子さまはつぎつぎと皇子をお生みになり、中には身体の弱い皇子が二人もあって、ご自身の健康も晩年はすぐれぬ様子であった。

祖父白河法皇の重圧に長年耐えておいでになった背の君鳥羽天皇も、軽快にふる舞う若い得子さまの愛情の方が気が楽で、又生き甲斐もおありになったのであろう。璋子さまへの愛はうすれていった。

璋子さまの皇子崇徳天皇をお気に召さぬ得子さまの意を汲んで、鳥羽天皇は崇徳天皇を下ろし、得子さま所生の五歳の皇子を天皇に立てたのである。

心の中に広がる闇のようなものを捨てて、不自然な五歳の天皇を誕生させ、なんの落度もない崇徳天皇を下ろして、すっきりさせたい鳥羽天皇であったのか。この処置は璋子さま所生の雅仁親王の恨みもかって陰惨な事件に発展していくことを、鳥羽天皇はお考えにならなかったのだろうか。

譲位後、崇徳天皇は和歌に専念された。康治の頃（一一四三）には、ご自分も含めて、十四人から百首を召した。『久安百首』という。これは翌年に撰進されたので、十分に利用できなかったが『詞花和歌集』の土台となった。

式子の父君は今様に取りくみ、常にうたっておられた。その父君は大事な時にも今様ばかりうたっている、暗愚の君とそしる人もあったけれど、政局の開けない暗の時を、空にむかって声を発し、目をつむって詠じながら明るい世界が開かれることを願っておられたのである。

得子さまは御夫君をうながして、ご自分のお子を即位させたものの、心は晴れなかった。近衛天皇は病い勝ちであった。待賢門院の系統に皇位が渡ることを恐れて雅仁親王の第一皇子守仁親王を養子にしていた。この方の母は源氏であった。皇子誕生と共に亡くなられていた。

こうした事情をわきまえ、待賢門院はすべてをあきらめて静かに世を去られた。一一四五年、御年四十五歳であった。

十年の在位ののち近衛天皇は十七歳にて崩御され、式子の父君四宮が二十九歳にてようやく、鳥羽法皇の遺志によって皇位についた。実はこの時鳥羽法皇は前途を苦にしながらすでに亡くなられていた。

親子・兄弟の暗闘は父君鳥羽法皇の崩御と共に噴出した。まっ先に崇徳上皇が挙兵して保元の乱が起きた。が戦いらしい戦いもなく上皇方は潰《つい》え、上皇は讃岐に遷されてしまった。

一方平氏と源氏は親子・兄弟が敵・味方に入り乱れて戦った。いわゆる平治の乱である。その結果、平清盛が勝利を納めた。後白河院と平清盛のついたり離れたりの奇縁のはじまりである。

こうした兄弟・親子のむごい戦いを見ることなくさっさとあきらめて、あの世に旅立たれた待賢門院はかえってしあわせであったのかもしれない。しかし崇徳・後白河の戦いの原因が大いにご自分にかかっていることに今もあの世で苦しんでおられることであろう。

斎王の卜定

「神様より賀茂斎王とのお告げがございました」

式子内親王はこの言葉に身のひきしまる思いがした。秋も深まって、その日は冷え冷えと澄んで清らかな気が流れていた。

最近になって御身の回りに賀茂斎院の話が囁かれていた。だがそのお仕事はどのようなことなのか精しくはご存知ない。

「斎王としてのご教育の為、一時大内裏の屋舎にお移りになって頂きます」

と使者はおごそかに告げた。

一年前に好子内親王が伊勢の斎宮に卜定されて、野宮にお移りになられた日のことを思いだした。ご両親のお側を離れて神にお仕えすることがどれ程きびしいものであるのか、その時、母上や侍女達が優しく励ましながらひそかに涙をこぼしていた。

「賀茂斎院は都に近い。消息はすぐ届くことだし、都人との交流も難しいことではありません。その上、斎院には和歌の伝統もあって、姫が学問をなさるにはふさわしい場所である、と父上もおっしゃっておられました。お仕事に励み、和歌の勉強もしっかりなさって下さい」

と母上はおっしゃってにっこり笑ってはおられたけれど、後でお泣きになっていたのに違いない。

やがて初斎院として内裏の諸司にお入りになる日が来て、お送りの御輿が用意された。お車の轅《ながえ》の両側に立てられた几帳の中に入られた。決して振り返ってはならないし、お戻りになれない、永久にではないがご肉親との別れである。

この年は父君が皇位を守仁親王（二条天皇）に譲られた明けの年平治元年（一一五九）十一月であった。大内裏内での初斎院としてのご生活は過ぎて応保元年（一一六一）四月十六日に斎院御禊を終えられて、紫野院にお入りになった。十一歳であった。

式子はもうあどけない少女ではなかった。父君が皇位にお即きになったいきさつ、又武士が台頭してきて、平清盛が実権を握ったこと、又父君が院政をお執りになり、二条天皇との御仲が険悪であることなど、それとなく知らされるごとに心の打撃となっていった。

賀茂神社の斎院は洛北の紫野に在った。晴れた日は都の街がよく見渡せた。夜になると都の灯りが明滅した。それは共になじんだ人々の息づかいのように感じられて懐かしい。涙の出るほどご両親に会いたい。でもそれを断ち切ることを約束して紫野にお入りになったのである。深い闇につつまれた斎院で怖い夜を重ねていく事は、御身にはかなり強い抑圧であったのか、日毎に無口になっていかれた。

ご両親の庇護の下に暮らした御所は、遠くにかすんでさだかには見えない。御所のお庭の桜はもう青葉になって深い影を落しているのであろうなどと下草の撫子の花も懐かしく思い出しになる。しかし今日のぬけるような青空の下に風が渡り、乾いた空気が衣を透して肌に触れると、解放感にときほぐされた気持になる。あまりにも胸の痛むことが多いので、優しい風に慰められる思いである。

斎院のお庭はそのまま野につづいている。整った御所のお庭を散策するのとは違った楽しみがある。うっかり踏みつけてしまうところであった小さな水色の花に目をとめて、いつまでも見入ってしまうことがある。絡んだ草に足をとられて転びそうになりながら、珍しい草花を見つける楽しさを覚えられた。歩き疲れてふと顔をあげると、松の枝を伝う藤の花房がゆれている。かすかに頬を撫でる花房はちょっとひやりとして、そのうち暖かな人肌のような温みが伝わってくる。その温みにふと母君のお手を思い出された。両の掌で淡い色の花房を受けながら、一番大切な思い出をまさぐるように胸に抱かれた。あの御邸の中で母君はどのようにお暮しになっておられるのだろう。

母君高倉三位局には次々とお子がお生れになった。その度に目出たさはこの母上から起ってくるような明るさがあった。だがその母君のもとから仕合わせの灯は一つ二つと消えていった。

第一の皇子は、元服前の幼い身で仁和寺の僧になってしまわれた。亮子・好子の二内親王は伊勢の斎宮に卜定された。そして式子内親王も斎王として、賀茂神社に仕える御身となったのである。日数が経つうちに式子は父君に対して批判的な思いになっていった。お子達をみな神や仏に差しあげてしまって、現世に置かず、家族をばらばらに引き離してしまって、なんと無残なことをなさるものだと悔しく思うのであった。母君もさぞお淋しいであろうとつくづく偲ばれる。やっぱり今様にばかり凝って妃やお子達をかえりみない父君は、お子達を思う古女房が囁いていた通り、慈しみのないお方なのではないのかと冷たい目でご覧になる。

私念を捨ててひたすら神に仕えねばならぬ御身であることを忘れて、父君に恨みの思いを抱かれるのである。母方の祖父である季成卿にも時々同じ恨みをお持ちになる。「哭」の忌事を破って泣きたい思いである。

季成卿は公卿仲間でも高名の者の多い閑院流の中にありながら発言力の弱い立場の方で、後見役として期待出来なかった。

親王にもなれず王のまま辛抱していらっしゃる以仁王は、詩文に優れ、笛の名手で、姿の美しいご自慢の式子の弟君である。

斎院に在って式子は、ご兄弟姉妹の将来について考えるのだが、明るい見通しを立てることは出来なかった。

紫野のそぞろ歩きは想念の場であった。気のおけない女官といえど、はらからのことは安易に口をお開きにならない。兄弟姉妹がこれ以上立場が悪くならないように口は慎しまねばならないのである。でもなんと言っても父君が強くおなりになって、お子達を守って頂きたいとひたすらお思いになる。胸に秘める思いがふくらめばふくらむほど、斎王式子は寡黙になっていく。

天皇になられた父君の、皇后は忻子様である。

皇后忻子は父君の出である閑院流の実力者実能の孫に当る。母君高倉三位局は早くから父君の妃で優秀な皇子を多くお持ちなのに、どうして新しい忻子様の位が上なのであろうか。身分は同じ閑院流なのに、天皇になられた父君でも許せないと思う式子である。

初斎院として禁中の諸司に入られて間もなく都に戦乱があった。夜空を焦がして都が燃える様をご覧になり、この時ばかりは、父君がこのような事態を予測して、斎王として逃がして下さったのだと、その遠慮に感謝した。

だが、父君が院政を敷いておられるこの御代は決して安泰であるとは言えない。それは父君の責任なのであろうか。

平治の乱の発端ともなった三条殿夜襲の時であった。父君は寵臣信頼にはかられ、御書所に押しこめられてしまった。乱の翌年、天皇親政派経宗や惟方を清盛に命じて捕えさせて、安房や長門に配流させたりなさった。それでいて決して清盛に心を許していらっしゃるわけではない。貴族も武士も形勢を窺いながら、ついたり離れたりである。父君にとって頼りになる臣下はいったい誰であるのか、誰も彼も真のところはわからないのである。

ある人は、それは父君に信念がないからであると言う。ただ御身のその場限りの安泰を願って行動なさるので、事態の収拾がつかなくなるのであると言うのである。そうすると父君は陰険で卑怯な人物になってしまうのである。式子は悲しい。そう言えば以前父君は身に危険が迫った時、仁和寺の皇子守覚や弟君の覚性法親王を頼られた。幼い皇子や弟君をお頼りになるとは、父親として信頼出来ないお方だと思われた。

身に危険の及ばない山の斎院で、神に仕える式子は、不安におののく心を押さえて、風に身をたくし、雨露に濡れて意外にも美しく輝く木々の緑や草花を心にこめて、お見つめになる。そのような時に、ここに和歌の世界があるのだと気付き、何かに強く導かれていく喜びを感じるのだった。

一方退位後も院政をもって隠然たる勢力を発揮していらっしゃる父君も、よくお庭を散策なさると聞く。姫君式子がまだ御所におられた頃は、時々ご一緒に木陰で休んだり、花の種子とりをして姫君の掌に移して下さったりしたことなど懐かしく思い出す。

紫野の草花の色は、驚くほど鮮明である。新しい花を見つけた時は小躍りしてしまうほどの嬉しさである。季節を違えず必ず芽を出すことも不思議に思えるのである。御所の庭は庭師の作業でいつも整った美しさで花は咲いた。花というものは大体整った条件の下でしか美しく咲かないものなのだと式子は思い込んでいたので、自然の中で健気《けなげ》に咲く花に気付いた時は、熱心に学んでいる和歌の世界がぐっと拡がったように思えてうれしくてしようがなかった。同じく斎院に仕える下仕えの中にまだ少女のようなあどけなさの残る人がいて野の花のことを教えてくれる。あの人は私と気が合いそうだと、ほっとした思いになる。その人も和歌の好きなことがうれしい。

御所も淋しくなったことであろう。今残っておられるのは末の姫お一人である。六歳になった姫の可愛い様子を想像していると紫野の式子は心が和む。

父君は政務の合間には今様を誦していらっしゃることが母君のお手紙にあった。父君の御日常はいつもと変っていないのである。でも聡明な式子は父君のお胸の内がよくわかる。今様を誦して世の治まるのを切に願っていらっしゃるのだと。

だが、世の中には表面だけを見て批判する人が多い。混迷な世にあって朗々と今様を口誦するとは、ご自分の楽しみに浸ってばかりいて、国や民のことを考えない暗愚比類まれなること、と言った人の言葉に胸の痛む思いである。父君には真の臣下がいないことを式子は悲しく思う。これほどの批判の中でも、今様をお止めにならない父君のご様子を思い浮かべていると父君がおいたわしく思われる。

母君のお手紙によれば、父君はこの頃物書きにお忙しいご様子である。

父君はうたの上手とあれば、身分の卑しい遊女、傀儡《くぐつ》でも御殿に招じて、その話を聞き、うたわせもなさったので、長歌・古柳・今様にかなり熟達なさった。近臣の中にも源清経のように傀儡の後援者となるほど熱心な人もいた。

権大納言・正二位に至った人で、この時従三位非参議源資賢は郢曲《えいきょく》（声楽）の家柄の出身で、今様に熱心な近臣であった。また後に鹿ケ谷の陰謀の中心人物として、清盛に捕えられ殺害された権大納言藤原成親も近臣の一人で、今様を好んだ。

今様をめぐって父君に仕える近臣について式子は思いめぐらした。

源資賢は禁裏の御遊の席に欠かすことの出来ないうたい人で、琵琶は師長、笛は成親、篳篥《ひちりき》は定能、そして本拍子は資賢がとって始めて音は和すると評されていた。その音色は人々が音を止め、耳をそばだつ、これ神も伏するかと感嘆されたほどの腕前であった。その資賢が賀茂社頭において天皇を呪詛したとして信濃に流されてしまった。

父君はその流謫を阻止できなかったご自身の無力の御歎きと、今様の生甲斐の片腕をもぎとられた落胆のため、一時放心状態となられた。しかしそんな失意の中から父上は立上がられた。

長年にわたってお集めになった今様をのちのちまで伝えたい、そのためには一人になっても整理し、まとめることを思い立たれたのである。

近いところでは、和歌の宗家六条源俊頼が、父経信の志を受け継いでこれに励み、白河天皇の命を受けて『金葉集』を編纂し、歌学書『俊頼髄脳』を著した。今様にもそのような書が欲しいとお思いになったのである。

お集めになった今様はかなりの量になっていた。長歌・古柳・法文歌・神歌・只の今様と三百首近い蒐集である。この執念はもう単なる趣味ではない。これを収集し分類し、その上『俊頼髄脳』を見ならってまとめたいと思っていらっしゃるのだから、立派なその道の学者である。誰が暗君などと申したのだろう。失礼な、と式子は憤りを覚える。

御所にいたころは、父君がありがたい法文歌を詠じて下さったことを、今紫野に在ってしみじみと思い出す。ご自身は和歌の方が好きなので、『俊頼』を学んでみようとお思いになった。それで和歌の勉強の時間に『金葉集』を読みたいとお申し出になった。

御所では父君が『俊頼髄脳』を参考にして、今様をまとめていらっしゃる。ご自分は同じく『俊頼髄脳』で和歌を学べば、いつも父君と志を共にして、お側にいる安心感を持てるに違いないと思うのだった。

和歌の勅撰集なら『古今集』以来手本とする集は幾本かある。しかし今様にそのような撰集はないのである。政務にお忙しい父君に、今様の撰集をお作りになる時間はない。手助けとなる家臣も弟子も頼りにならない。でも父君は一人になっても成し遂げようと決意なさったのである。

うたい手を集めて、今様の会を開くにぎやかさは減って森閑とした御所の一部屋に端坐して、ご執筆を続ける父君のお姿が目に見えるようである。

父君が興味をもつ源俊頼は宇多源氏。俊頼は父経信ほどに官位は上らず、不遇を嘆いた。その心はしばしば歌に詠まれた。そして自嘲的に表現することもあった。白河院の命で『金葉集』の編纂を行なったのであるが、その清新で自由な詩想、時には奇をもって人の目を引きよせる思いつきが、自由を好む父君のお気に召したのであろう。

斎院には和歌の根強い伝統があった。前に内侍から聞いた選子内親王のお噂は、まだ若い式子に強く印象づけられた。

選子内親王は村上天皇の第十皇女である。生後すぐ母君を亡くされた。十二歳で賀茂斎王となり、五十七年間、円融・花山・一条・三条・後一条の五代にわたりおつとめになった。

式子が心惹かれるのは選子斎王が和歌を好み、しばしば歌合を行なわれたことである。女流歌人として中務・中将・小式部・宰相等がいた。その風雅のおもむきは、式子の好むものであった。

式子に仕える女官達はそのお方に続き斎王として式子斎王に大いに期待をかけた。

やはり父君は政争渦巻く都から式子を離して、斎院で思う存分和歌に励むことが出来るようにと、お思いになったのかもしれない。純粋な式子が世俗の波にもまれて、その清らかな感性が損なわれるのを心配されたのであろうか。事実式子は閑静な神域が気に入られ、和歌の学問に励まれた。

御邸で和歌の学問のお相手となっていた女房が今は斎院の内侍となって、式子のお世話を務めている。

この頃式子はお気付きになった。女房は先から『俊頼髄脳』を読んでいて和歌の勉強の手引きとしていたのであることを。

女房の言っていたことがみなこの『髄脳』に書いてある。式子は嬉しくなってしまった。

「やまと御言の歌は、わが秋津洲の国のたはぶれあそびなれば、神代よりはじまりて、けふ今に絶ゆることなし。……」とはじまる『俊頼髄脳』はもう難しい歌論書ではなく、身近な人の声のように優しく聴くことが出来た。

春がすみたてるやいづこみよしのの吉野の山に雪はふりつつ（古今集　よみ人しらず）

春になったが春霞が立っているのはどこの空なのだろうか、この吉野の山には雪が降り積って一向に春めかないことだ、この歌の心はよく納得できる。素直な気持ちで口ずさむことが出来る。特別難があるとは思わなかった。だが歌人俊頼は「たてるや」について、こう言っている。歌柄はよいのにこの言葉は固い詞である、と。俊頼はなんと繊細な感性をお持ちの方であろう。

また同じく固い詞としてあげているものに、

野辺ちかく家ゐしをれば鶯のなくなるこゑはあさなあさなきく（古今集　よみ人しらず）

の「家ゐしをれば」がある。人里を離れ、野原の近くに、「家を建てて住んでいる」おかげで、私は鶯の鳴く声を毎朝毎朝聞くことができるよ。なんと穏やかな心で歌を詠む人であろうと感心していた。この暖かな心ゆえにたとえ難があるとしても許されるものと思っていた。だが歌人俊頼はこの表現がもう少し柔らかにならないものかと思案するのである。

安易な妥協は許されない世界なのである。式子は身の引き締まる思いである。この厳しい、つい見失ってしまいそうな言葉の問題に、謙虚に精進しようと誓うのである。

やぐもたつ　いづもやへがき　つまごめに　やへがきつくる　そのやへがきを

この素盞嗚尊のお詠みになったお歌をはじめとして、歌人俊頼は、なんと多くの歌を読み、鑑賞して、その深い思い入れを丁寧に綴っていることだろう。心底和歌の好きな方だと思う。まだ若い式子はわからない事も多い。だが俊頼の歌論に圧倒されて、和歌の学問をやめてしまいたい、と思ったことはない。難しい歌でも繰り返し味わっていると、俊頼の言うことが自然とわかってくる。

御所におられた頃、父君が今様の法文歌を誦していらっしゃるのを聞いていると、それはここちよい経文の如く耳に響いて、ありがたいと思う心になり、やがて仏の世界に導かれていくような気がしたものである。今、髄脳に導かれて、古い和歌を朗詠していると、それに似た心地になり、俊頼の説く歌の道もお経のようにありがたく思われ、その境地に近づいていくように思える。

父君は今日も今様について執筆していらっしゃるのであろうか。父君のお書きになるものは、たぶん俊頼のように、こまかに、厳しく、鋭い言葉はないように思える。父君はただ今様を朗詠することがお好きで、朗詠することによって、胸にわだかまるしこりを払拭しておられるのだと思う。

毎日の神仏のお勤めにも、今様を奉納しておいでになっていた。ご自分の一番大切なもの、すなわち今様を献上することは、父君の真の御心なのであった。ご自分の大切な姫まで神に差しあげておしまいになった父君の心は報われて、お治めになるこの世はきっと穏やかに納まるであろうと式子は信じたい。

村上天皇の御代に、斎宮を退下された女王で女御になり御子を儲けられた方がいらっしゃる。斎宮女御徽子女王と申し上げる。歌人で幾首もの秀歌を遺していらっしゃる。この魅力的な女御のことについても式子は勉強の時間にお習いになった。

その女御への村上天皇のご寵愛は短い期間であった。その短い間の愛のお歌はつくづく胸を打たれる。

おもへどもなほあやしきはあふことのなかりしむかしいかでへつらむ

御返し

むかしともいまともいさやおもほえずおぼつかなさはゆめにやあるらむ

一人の女性として、人を愛し、子を育てていく命の華やぎを、憧憬として式子はお持ちになっている。このようなお歌の中に真情を込めてお歌いになる徽子女王である。この女王の短いご生涯は、歌によって輝いている。

和歌の好きな式子は徽子女王にあこがれを超えて、ご自分が女王その人になっていくような力を感じる。

緋の袴の紐を結び、静粛な神前にお祈りすることにも馴れた。

御垣の内の聖域で和歌の心に触れてゆくにつれて人間の哀歓について考えるようになった。これからの長い生の起伏を人並みに歩んで生きていく事に、考えは及んでいく。恐れはあるが、それに挑む夢と力が体内に湧き起こってくるような熱いものを感じる。

しかしその強い心が萎えていくことがあった。それは母君の出である閑院家のことであった。式子の祖父季成卿の出自である閑院家は、公実に到って最も栄えた。政界の実力者となって高位高官につく者が多く出た。子女は後宮に入り寵妃となって皇子を儲けた。

寵妃として最も栄えた方は、白河院の養女となって入内した鳥羽中宮待賢門院で、この方が父君の母で、今様のお好きだった方で、その後、近衛、後白河、二条の中宮はすべてこの系譜から出ている。

父君の妃であった季成女はどうして中宮にまで登ることが出来なかったのであろう。

優秀な子女を六人もお持ちでありながら、後から入内してくる妃に先を越され、高倉三位成子のままである。

季成卿は、実直な人柄ゆえに天皇に目をかけられ、成子の父ということもあって、権大納言・正二位・民部卿となったが決して一族の実力者ではなかった。その嗣子公光も力はなく、権中納言・従二位左衛門督に到ったが天皇の寵を受けた近臣に過ぎず、式子達兄弟姉妹のためには力強い後見者ではなかった。

そのために皇子達はゆるい地盤の上に辛うじて立っている不安があった。

式子にとって和歌はその不安を鎮め、未来の夢を掻き立てる手立てでもあった。

ご両親から離されて、厳しい道に、生れながらの使命のように言い渡され、ご自身も覚悟してお入りになった斎院である。

和歌に励む式子

後白河院の今様が盛んなあまり、和歌の活動は低迷している観があったが、そうではない。歌道の家として六条藤原清輔が『奥義抄』『袋草紙』の歌学書を著わした。肩を並べる者がいないと評された清輔に対して、御子左家の藤原俊成がいた。

清輔に相対して引けをとらないとすれば、俊成はかなりの人物と言わねばならない。俊成についてはあとにおくとして、その俊成のむすめが斎院に仕えていた。

和歌の勉強のお相手として、又野の散策のお供として気の合う人があの俊成のむすめと言うだけで、式子はその人が羨やましくてしようがない。

その女別当との学問の折には必ず父俊成の話がでる。あまり年の違わない姉妹のように二人は斎院の庭を散策していた。屋内での学問に息苦しさを覚えて、どちらから言い出すというのでもなく草子を閉じて外に出るのである。

季節はもう夏に入り、日が高くなると、部屋の中は熱がこもり、息苦しくなってくるのだった。

一人はこの斎院の主であり、一人は従う話し相手であって、二人は和歌を学ぶ友である。主従関係はきびしいのであるが、主の斎王式子は、小さなことにこだわらない気さくな方なので、お側に侍っているという身分などすっかり忘れてしまう侍女である。特にこうして学問のお相手をし、時には庭に出て青い空を見上げていると心が大きくなって、斎王もただの少女になってしまう。ふだんは無口な斎王だが、青空の下ではおしゃべりになってしまわれる。そのお顔のなんと晴れやかで輝やかしいこと。

そのほんのりと色づいたお顔を眺めていると女別当も口数が多くなる。だがただのおしゃべりではない。斎王はお好きな和歌のことで話しあうのが、この上もなく満ち足りた時なのである。

「和歌は美しい言葉を使って、韻律に乗せ、まるで言葉の遊びに似ているようにおっしゃる人もいますが、そうではありません。奥深い内容は、神の道にも通うものです。迷いの後に悟りがあるのですからよくよく考えて詠むものです」

式子は神のお告げのように迸《ほとばし》り出る女別当の言葉に聞き入っている。

「表現は刺繍のようにきらびやかであるのがよいように言う人もいますが、錦のように飾りたてなくても、素直な表現で、それでいて、つややかに、あわれに、奥深く詠むものですわ」

女別当は憑かれたように詠歌の心得を説くのである。涼しい木陰なのに、額に汗がにじんでいる。

「和歌の道にいそしむ人は神の教への奥深いことを悟ることが大切ですわ」

式子はこの有難い言葉に頭を垂れる思いである。

父君の今様は囃子に添えて歌うので、賑やかで明るく陽気である。しかし和歌の詠歌は、思索的で重々しい。

「あなたはどのようにして和歌の道を学んだのですか。父君からそのように教えをうけたのですか」

「はい」

と微笑んで、

「これはすべて父の言葉です。その難しい歌の道は簡単には習得できません。でも父の言葉はよくよく吟味して守るように心掛けています」

ときびしい表情を和らげて、女別当はやさしい笑みを浮かべた。

「私の父上はご承知の通り、今様にすぐれた方でいらっしゃいます。有難いお話を幾度も伺いました。温たかみのあるお話で、そのお話に耳を傾けている時、私はしあわせな気持ちになりました。柔和な父上の表情は、何物にも替え難い私の宝です。ですから陰で父上の悪い噂をする人がいると聞きますと、腹立たしい思いがします」

と式子は少し涙を浮かべておっしゃる。遊芸にあけくれておいでになった方が、政務をお執りになるようになり、日夜、暗躍の渦巻く政界で苦闘なさっている有様を噂によって知るにつけ、我身も共に傷ついていくような気がする。女別当も、怒りを押さえた静かなお顔に見入りながら、同情を禁じ得ない。

「でも」

と少し口籠られたが、

「父上の今様に惹きつけられながら、やはり和歌の方がいい、と思うのです。古い人の和歌を味わいながら、その深さに引きこまれて、心の中に浮かび上ってくる、私自身の和歌の心に気付くのです。もっともっと和歌を考えたいのです」

女別当は、何かに憑かれて吸い寄せられているような斎王様の瞳に見入りながら、この瞳の力は父俊成のものと同じだと思った。

「父俊成は御所様の今様に劣らぬほど和歌に熱心な方です。古書の和歌から学び、それに続く勅撰集はもとより、自撰集・家集・歌合の歌、それに歌学書をひもとくことに日夜励んでおられます。古風な中にこれからの和歌を考えて、文机にひねもす向かっていらっしゃいます。そのお姿は崇高ですわ」

「私の父上が今様ほどに和歌にご熱心であったならば、もっと心から打ち解けて、父上のお話を聞き、今頃は上手に詠めるようになっていたでしょう」

「お心の中には和歌の芽がいくつも育っていますから、そのうち、春が来て、木々が一斉に芽をふくように、書きとめる間もないほど、和歌が生まれてくることでしょう」

「まあ、上手に励まして下さるのね。急に力が湧いてきました。父上の感化は大きいのですね。あなたの話はすべて父上の言葉そのものなのですね」

二人の語りごとはしばらく続いた。

斎王式子の表情はやっと和んできて、優しい顔になった。女別当も緊張を解き、ほほ笑みを浮かべた。

二人は立ち上がった。女別当は、斎王の袴についた枯葉や小さな枯枝をはらってあげた。

斎王は神にお仕えする身であれば、俗から離れて日夜を過す狭い世界の如くに思われるが、祭事を通して都人との交流があったし、和歌を以って社交の場を持つこともあった。そして斎王に仕える女官達の身辺をめぐって、情報は賑やかに交された。慌しく往き交う人の流れは山の斎院に在ってもそれなりに把握することは出来た。

何よりもお好きな和歌の学問のお相手として、俊成の娘と共に過す時間が多かった。

俊成の女子は幾人もいるが、皆宮仕えに出ている。どの人も聡明で活動家で、並みの女房とは思えぬ程の活躍ぶりである。

その力強さの根元はどこにあるのか。皇女として、生きる世界は狭く、閉ざされた日々の中で消滅してゆくような身と心を、心細く眺めているより仕方がない身の上を、考える時、俊成の娘達の強い生き方に、式子は目を見張ってしまうのである。

斎王式子の悩み

斎王式子はこのごろ胸のつぶれる思いで考えてしまうことがあった。

今夜もなかなかお寝付きになれない。格子の透間から一条の月光が射しこんで、そこの部分だけ、もう夜が明けたように明るい。氷のように冷たく、月光は人の思いを拒絶している如くに思われる。あれほど神にお願いしていたのに、悲しくつらい情報がもたらされたのである。

眼をおおって嗚咽をこらえながら、話をお聞きになる。共に泣きたい思いをこらえながら女別当は、斎王の肩を抱くようにして、お慰めする。

母君が父君から忘れられていく日の遠くないことを式子は恐れていた。父君のご生活は女人の出入りが多く派手なのであった。

「もうお子までお生れになっているとは存じませんでしたわ。やっぱりここは世間から離れた神域だということをつくづく感じました」

　女別当はか弱い身ではどうすることも出来ない過酷な運命であられることよ、と斎王式子の御身になって考えるのである。式子が母君のことを考えてお泣きになるのをお慰めする言葉もなく、ただうなだれるばかりである。

「今を時めく平清盛の妻時子の妹、上西門院女房小弁局滋子がそのお方です。平清盛の義妹と聞いただけで、複雑な気持になり、身が震えました」

　緊張のあまりこわばった表情の女別当の顔を見つめながら、式子は一瞬動揺を見せたが、そのあとは空の一点を見つめたままであった。

「皇子様とのことでございます」

　式子はその言葉に崩折れてしまった。

「母君がおかわいそうです。今も親王になれずにいらっしゃる以仁王はどんなに落胆しておいでになることでしょう」

　辛うじてこう言って式子は女別当の腕の中に倒れてしまった。

　この夜ばかりは独りが淋しくてなかなかお寝つきになれない。父君は母君の許にもうお帰りになることはないであろう。新しい妃に皇子までお生れになったのだから。徽子女王の歌を通して人を待つ心の切なさを感じていた式子は、お慕いしていた父君への思いが心の中からすっと消えていくのを覚えた。そして憎しみの思いがむらむらと湧いてくるのを感じた。

月はまだ試練に耐える術を知らない少女のままの式子に冷厳にただ耐えよとばかりに、射すように照らしている。父君に暖かく包まれていたい願いは断ち切られてしまうのであろうか。

そして現世に戻らずこの聖域で、和歌の世界に浸っている方がよいのではないかと、自分の生き方を見つめるのだった。

三　和歌への思い

卯の花

季節の移りは早い。神山はたちまち濃い緑の海に沈んでしまった。森に隠れて、斎院は小さく見える。陽をさえぎられた薄暗い建物の中では、女官達が心を引き締めて立ち居振舞う姿が目立っていた。

緊張の時間がふと止って、風がやみ、陽の光りがおだやかに草木を包みこんでしまった静寂のひと時、斎王式子は、廂《ひさし》の柱によって庭の一点を見つめていた。

十五歳の斎王式子の心は落ちつかない。悩み、揺れる思いは日々のお勤めにも障るかと気づかわれた。

垣の卯の花は、辺りを独り占めして存在しているようにみえた。式子には卯の花が放つ白い光しか目に映らなかった。誰も見ていない白昼に、一つ一つの小さな花は、今を誇らしげに咲いている。

　あとたえてくる人もなき山里にわれのみ見よと咲ける卯の花

このように歌を詠んだ歌人がいる。藤原通宗朝臣である。今、式子の眺める卯の花は、たしかにわれのみ見よとばかりに咲いている。しかし卯の花は孤独である。まげることが出来ず何かを訴えながら、涙を飲んで、毅然と咲く小さな花の如くに見える。訪ねてくれる人などなくてもよいのである。じっと耐えることで、姿勢を保っているのである。

自分の姿を重ねて式子の見る花は重々しい。自分の影を反映させて見る時、式子の目に涙が浮んでくる。

よみ人しらずの歌、

月かげを色にて咲ける卯の花はあけば有明のここちこそせめ

月光のような色で咲いている卯の花は暁に見れば有明けのここちがすることだろう。冷たい色ながら温かみのある卯の花は玲瓏の気さえある。それは花が孤独であるからであろう。

式子は撰集を繙いて、卯の花を詠んだものを一紙に選り抜いてみた。

卯の花の咲けるあたりは時ならぬ雪ふる里の垣根とぞ見る　大中臣能宣朝臣

見わたせば波のしがらみかけてけり卯の花咲ける玉川の里　相模

卯の花の咲けるかきねは白波の立田の川のゐせきとぞ見る　伊勢大輔

雪とのみあやまたれつつ卯の花に冬ごもれりと見ゆる山里　源道済

式子はこれらの先達の歌に、己れの魂と共感して読むことが出来ない。たしかにいづれも叙景歌として秀れている。技巧も学ぶべきことが多い。初心者の式子はますます勉学の意欲をかき立てられる。しかしこれらの歌の中に一首として今の自分に共鳴するものがない。今の自分の心に応えてくれるものがないのである。式子の心に根強く占めている憂鬱と鬱憤と悩みを晴らし、それに涙をそそいでくれる歌ではない。

今の斎王式子は心を空しくして、神に仕える心地ではない。思いは、母君高倉三位成子のことである。

父君後白河院に新しい皇子憲仁が生まれて三年経った。その生母は、父君の姉の方、上西門院の女房である。名は小弁局と称する平滋子で、清盛の妻の妹である。

高倉三位局成子は、血筋・家柄において引けを取る程の相手でもないのであるが、しかし平家一門の勢いには朝日の昇るが如きものがあった。平家の者はすべて皇子憲仁の立太子を望んでいた。それに引きかえ式子の弟以仁王《もちひとおう》は十三歳にしてなお親王宣下もなかった。

女官達の言わず語らずの世事の漏れ聞きに、父君の愛を失った母君の憂わしげなお顔を想像して、式子は塞ぎこんでしまう。いやしかしそんなことが断じてあってはならないと、ともすれば弱り勝ちな心を奮い立たせる式子である。母上は今は御所より下って、里にお住いのことが多いと聞く。

父君の本意が窺いかねる。従兄妹であり長年連れ添い、六人の子までなし、父君の理解者であった母上を捨て、新しい女性を迎えた父君なのである。小弁局が母君よりも理想の人であったのか、平家におもねてのことなのか、それとも清盛を利用して身の安泰を謀っておいでなのか。

以仁王を、親王宣下もなく、元服もなく、あたら才能のある身をただ朽ちさせてしまうおつもりなのか。治天の君であるご身分の権威をもってすれば、以仁王を守ることは難しいことではないはずである。しかし父君は何もなさらない。それが御身を守る策なのか。父君のお心の内が計りかねる。

御所にいた幼いころ、式子の心は空のように広々として何のわだかまりもなく明るく素直であった。父君と屈託なく何でもお話ができた。斎王としての今はそのような自由な時間はない。ましてや父君の胸のうちを窺うという秘密の時間などあろうはずもない。このまま父君を疑いながら暗い日々を過さねばならないのであろうか。

木立を渡ってくる風は、夏とはいえ冷やりとしている。風は式子の願いごとを聞いてくれるように、耳もとにとどまり、そして過ぎていく。式子は眼を閉じて、その声を聞く。風は永劫に吹き続けるであろう。けれど今、いやこれからも風の答は聞けるのであろうか。式子は指針がほしい。風の声を聞いても、いましめの言葉さえ聞こえない。もどかしい。どこにこのいらだちを投げかけたらよいのであろう。和歌に託するにしても技術は未熟である。

式子の草紙には思いを盛りこんだだけの折々の歌が書きこまれている。それに背景を加え魂を入れて、詠ずるに足る和歌にしなければならない。だが実際は困難な仕事であった。背景はけづることが出来ても魂の部分はふくらみ続けて、歌は破滅してしまうのであった。

雨が上った。葉末の露は眩しくきらめく。

あたりが珠のように輝いて見える。明日を信じて待とうと思う。父君・母君のこと、以仁王のこと、祈ればすべてよい方に進展するであろう。

賀茂の祭

好天に女官達が浮かれ、はしゃぐように言葉を交している。榊の枝葉を採りにいくとて、裾を少しからげている女わらわもいる。

陽の光が露を弾いたのか、風の揺れがそうさせたのか、それとも女官達の声の響きに共鳴したのだろうか。式子は色と音が楽を奏しているような庭の面に目を凝した。

展けていく我が心の様を映し出しているように見えた。おのずから心は和歌の世界に昇華していった。和歌は難しいものではない。今のこの己れを見つめ、その様を凝結し韻律に載せれば、自分の和歌が生まれるのだと思った。

我に返ると、女官達の饒舌も軽やかに聞こえた。話題は朝廷から遣わされる祭使のことのようである。

長寛元年（一一六三）式子十五歳、この年の賀茂祭の使は藤原家通右中将であった。藤原北家の流れで歌人である貴公子は、若い女官達の人気の的のようである。しかし式子には関心がない。たしかに歌は上手のようである。節回しがなめらかで艶に優しい歌なら式子はすでに何十首となく各種の歌集から読み取り、諳んじることもできる。それらの先達の歌は一応式子の心を捉えはしても、いつまでも心に残らないのである。藤原一族の貴公子は軟弱な男子が多い。才能があり技量が備わ

賀茂の葵祭（『都名所図絵』巻之六）
例年4月中の酉の日に行なわれた。これに先立つ午または未の日に斎院御禊があり、祭当日は斎院が賀茂社参を行なった。

っていても、主流に乗れない身は、諦めて、早くから家柄だけを頼りにして、目的を持たない人物が多い。頼りないのである。どうしたものか、恋の歌に長《た》けている。美男の貴公子はそれだけで、女性の魅力となるのだが、甘い恋歌で誘われると若い女性は惑わされてしまうようだ。式子はそうしたものに反発を覚える。だから家通の歌などに心は動かない。式子の眼は厳しい。若い式子には本能として、警戒心が微妙に働く。身体そのものが独りでにそうした貴公子に距離をおいてしまうのである。皇女として、斎王としての誇りが身を構えてしまう原因のひとつでもある。

神山の草木に宿る魂に引き込まれるように霊気を感じる。式子は王城を鎮護する神に仕える斎王である身を忘れて、しばし草木の魂に心をあずける。なにものにもおかされない敬虔な式子自身の時間である。覚悟をしてこの山に入り、神に仕える身をしかと自覚しながら、なお身は時々浮世にさ迷って、両親のこと、兄弟姉妹のことに心を捉われ、我が身のことにも及んで、うらめしさに苛まれる。

だが神山のひと時は貴重である。祭は斎王として慎んで勤めねばならない。だが祭の諸行事を恙《つつ》がなく終えることよりも、草木の魂に引き入れられて、つつしんで神に向かっている時間も何ものにも替え難いものだと思う。

あらためて一点に目を凝らせばそこにやはり卯の花があった。今の心をもって卯の花を詠みたいと思う。卯の花は敬虔なまなざしで眺められる花である。都の貴公子など式子の思慮の中にはない。こうした時にも以仁王のことが浮んでくる。以仁王はどの貴公子よりも立派な風格があると思うのである。

式子の思いをよそに、家通の評判はよいのである。都風に洗練された物腰に女官達はあこがれる。その一人が歌を詠んで家通に贈った。

たちいづるなごり有明けの月影にいとどかたらふ郭公《ほととぎす》かな

返し　　　　　　　　　　　　　　　　　　　家通

幾千代と限らぬ君がみよなれど猶《なほ》をしまるるけさの明けぼの

斎院の女官達を代表して、朝廷からの使である家通に挨拶をした歌に式子は満足をしていた。斎院の清浄な気が盛りこまれていて、郭公の鳴く音に心をすませて聞く姿勢が感じられる。その返しとして家通の時宜《じぎ》を得た歌に、式子もさすがと思う。

式子斎王の長久を祝い、なお式子の母系一族に支えられている式子の盛時を歌って返歌としている。その家通の心配りの緻密さは心憎いほどである。これも都人の習練のたまものであろう。

山をどよもすような祭が過ぎると、斎院に静寂がもどってきた。

式子の外祖父季成は権大納言正二位・皇后宮大夫で院の信任が厚かった。又その子の公光も目をかけられて従二位左衛門督に登った。二人とも温厚に過ぎて孫宮達を守るには優柔不断の誹《そし》りはあったが、その故に政権闘争の間をくぐり抜けてここまでに到りついたのである。とにもかくにも斎院式子はこの後見を得て、一抹の不安はありながら安泰の日々であった。

弟以仁王の影絵

薄曇りの東の空に十五夜の月がかすむ。登りきらない月は、雲のあちらで心もとなくゆらいでいるように見える。

心が日々のお勤めから逸れてゆらぐのはどうしてなのだろう。

弟宮以仁王のことが片時も脳裡から離れることがない。

御所に在って、父君の許で学問に励んでいた頃は、姉宮式子は和歌に熱心であったが、弟宮は漢詩に愛着をもっていた。漢詩は訓《よ》みがむずかしかった。王は根気よく時間をかけて訓み、味わっていた。疲れてやや上気した表情さえ姉宮には魅力的であった。

　葉展《の》びては影　翻《ひるがへ》る　砌《みぎり》に当れる月

　花開けては香散ず　簾《すだれ》に入る風

若い式子は『白氏文集』にある「階の下の蓮」の詩が好きであった。弟宮の朗詠の後について小さな声で和した。

斎院で見る今宵の月は弟宮と吟じた詩の思い出の中でおぼろである。

斎院の蓮はまだ伸びきらない若い葉であるが、緑の空気の香りは新鮮である。ほのかに揺れている。つぼみはまだ固く、匂わないのが清潔の観を深くすると式子は思う。

大人の風格を備えながら、以仁王のその若やかな声は、すっかり式子を魅了した。あの御所での思いが交錯する。

あれから背は更に伸び、たくましさも加わったであろう。

紗のように庭をおおう薄曇りの月光の中から、弟宮の吹く笛の音を鮮やかに聞いたように、式子は思った。

間もなく蓮の花がひらき、香り高い気が漂う季節がくる。詩を吟じて、大人の詩人になったような昂《たか》ぶった気分に浸っていたあの頃は、姉弟にとって平穏な日々であったと思う。父君は母上を大切にしておいでになった。

才知すぐれた以仁王を父君はどのように思っておいでなのであろう。以仁王は城興寺の座主最雲の弟子であったが、出家されたわけではない。平氏に対抗する皇子として、以仁王は立派に力量を備えていらっしゃる。父君にとっても有力な世継ぎであると思われるのに、元服もさせず王のままである。

父君は以仁王に心を寄せないはずはない。だが清盛を軽んじることは出来ないのである。成り行きとして清盛に付かざるを得ないとして、以仁王をほうっておいてよいものだろうか。それは父君の怠慢であり利己主義だと式子は思うのである。

笛の音が聞こえてくる。どこで誰が吹くのか、かすかに、時には思いを訴えるように響いてくる。弟宮がこのあたりにいるわけではないのに、どうしてもあの音色は以仁王のものに違いないとまで式子は思う。幼い時から馴れ親しんだ音色である。高く透きとおる音は、ふと止って余韻が、式子の心を魅きつけて離さない。どうして王はこのような音を出すことが出来るのだろうと、感激したあのころの思いが胸を締めつけるほどに甦《よみがえ》る。父君から見離された以仁王の無念の思いがうかがわれて式子の心を打つのであろうか。

側に人の気配がした。式子の前に箏の琴が静かに置かれた。俊成の女、女別当が優しく式子を見つめていた。

式子は女房が置いた琴を奏ではじめた。王の思いに答えて、爪に微妙な力が加わる。

疎外された人の見る月のあわれは、この方の歌が一番だと思う。花山天皇がかつてこうお詠みになった。

秋の夜の月に心はあくがれて雲居にものをおもふころかな

花山天皇は藤原北家の兼家父子に謀られて退位させられた悲劇の天皇である。強力な後ろ盾のない若い天皇に、兼家父子は強引に退位を迫ったのである。

以仁王も身内の後ろ見は全く頼りにならない。しかし後白河院の皇子である。父君が信念をもって強く皇子を守って頂きたいと、式子は思うのである。

花山天皇が、月にあこがれて雲居で歌を詠んだのは十八歳の時である。式子は斎院に在って今十五歳である。十八歳になって花山天皇のような風格のある歌が詠めるものであろうか。

花山天皇と以仁王が重なって、月のこちらに影絵のように映って見える。以仁王の哀れを思いながら、月に託して歌を詠むことはむずかしいことであった。万言をもってしてもこの思いを綴ることは困難な技であるのに、三十一文字の韻律にのせることは、もっと苦しいことであった。でもどうにかして歌に詠みたい。式子は夜が更けるまで推敲を重ねたが、複雑な胸の裡を、花山天皇のあのお歌のように、大らかな詠風の中に、すべてを包みこむことは、とうとう出来なかった。

祖父季成の死とその後

式子の母方の祖父季成卿が薨じたのは、式子十七歳の永万元年（一一六五）二月であった。後白河院の信頼の下に黙々と勤めを励む季成卿は式子には心もとない思いもあったが、亡くなってみれば、他に頼る人がないことをつくづく思う。叔父の公光一人が頼りになった。

前年（長寛二年）八月には保元の乱で讃岐に遷された父君の兄にあたる崇徳院が彼の地で崩じられた。四十六歳であった。戦いに負ければ元、帝といえども流罪になるのである。権力の無くなった上皇は涙を飲みながら無念の死を遂げたのである。残った者がねんごろに弔う余裕はない。乱世には我身も狙われているのだから。

だから父君後白河院の苦悩が式子にはよくわかる。年毎に平家の勢いは増し、清盛の位はどこまでも昇らんとする勢力の強さである。平家と組まなければご自分が危ないのである。

二条天皇は信念のある方であった。二歳の皇子に親王を宣下し、皇太子に冊立して譲位した。六条天皇である。一ヶ月後二条上皇は二十三歳で崩じたが、筋をあくまで通す意志の強さに式子は恐いものを感じた。父君に、我子を守るそれ程の強さが欲しいと、以仁王のために願うのは間違っていることだろうか。とはいえ以仁王には有力な後援者があった。季成卿の兄で閑院流の実力者実能の孫女多子である。近衛天皇の皇后となり、後に二条天皇の后となった。世にいう二代の后である。非常に魅力的な女性であった。

永万元年（一一六五）の秋も過ぎ冬十二月を迎えた。

式子は物を見る目が非常に繊細である。かすかな陰影まで捉え、微妙な色彩の移り変りを凝視し、音になる前の音色まで聴きとめる。

しかしそれだけでは和歌にならないのである。捉えて、それを突き放して見つめ直すゆとりを持たねばならない。そして小細工に過ぎてはいけないのである。

だが式子の心にのしかかる重荷を詠む言葉はむずかしい。的確な言葉はなかなか捜しあてることが出来ない。鬱屈だけの歌になってしまう。もっと奥深いものにしたいのである。

枝が優しく細やかに伸びるもみぢの木の下に、葉がちりちりに乾いて降り積もっている。もみぢは紅葉となって根方に褥《しとね》を敷いたようにやわらかく重なっている。己れの存在を示すように。やがて来る春の芽吹きを見守っている。

椿はいつも緑の葉を繁らせて陽の光から吸いとった精力を、木に漲《みなぎ》らせているようだ。まだ固い蕾は、幼子が可愛い眼でこちらを見ているようである。頬の色のように先の方がほんのりと紅がかっている。葉脈を流れる水の音まで耳に響いてくるような、澄んだ乾いた空気を式子は感じていた。そしてこの静寂を破って何かが起こりそうな予感がした。

椿の根方に朽ちた葉がかたまっていた。椿も常緑ではなかったのである。椿の葉も月日を経れば弱って枝から離れて落ちるのである。そこに新しい芽が出て、木は新鮮な力を取り込んでいく。そして栄えるのである。

式子は今摘み取られていたずらに朽ちようとしている兄弟姉妹のことを頭に浮かべた。神仏に仕えるのも一つの生き方である。しかしそこに押し込められて出られぬようにされた人生でもある。以仁王を仏の下に縛り付けて、現世に出られないようにしてしまうために画策する人物がいるのである。

平滋子の生んだ皇子、院の第五皇子憲仁を立てたいと願っている平氏と式子の弟君以仁王を立てたいと望む閑院流の人々の軋轢は水面下で深刻なのであった。

閑院の流れには入内して妃となった人が幾人もいる。後宮に見事に花開いて絢爛の観がある。さっと見廻しても鳥羽・近衛・後白河・二条の四天皇に仕えた閑院流の女性は、鳥羽中宮待賢門院璋子から二条の妃多子までなんと八人の多きに上る。

そうした繁栄の閑院の流れが今、平滋子によって阻止されようとしているのである。それは閑院流にとって看過することの出来ない事態である。そして平滋子を寵愛する院を批判する閑院流の公卿達もいた。以仁王は十五歳、父君後白河院を頼りにして待つ時間はない。以仁王が閑院流の人々を頼りにし、また頼みを背負って立ち上がろうとしている気配はうすうす式子にも知れた。

落ち葉が積って一面枯葉の海となった斎院を訪ねてくる人はいない。心あてに待つ人もいない式子である。

「もうお部屋にお戻りなさいませ」

背後から声を掛けたのは、女別当であった。

「衣がしっとりと冷えておりますこと」

女別当は斎王の肩から背を指で撫でた。温みがそこから伝わって、じんわりとあたたまっていくように式子は思った。

「お顔色もよくありませんわ」

と言って掌で両頬を包んだ。式子の強ばった筋肉がゆるんで自然に笑みが浮んだ。女別当はほほえみ返して、式子の細い肩を抱いて歩き始めた。

女別当が何かを告げずに、式子を探していたのだと、式子はその目を見て感じた。この人は何を告げるのであろう。恐いものを読み取った式子は目をそらして速や足に歩を進めた。

「一歩一歩しっかり踏みしめてお歩きなさいませ、落葉に足をとられて滑りますから」

女別当は、式子の袖を引いてゆっくり歩いた。

女別当が新しい衣類を取り出してきて、しめった衣を取りかえるようにすすめた。

心配事で思いが一ぱいであった式子は、我身の冷えなど感じなかったのであるが、火桶で暖められた部屋に入ると、ぶるっと身ぶるいしたあと、ひどい寒さを覚えた。

「無茶なことをなさらないで下さいまし」

女別当はたしなめるように語気を強めて言った。

火桶に手をかざしながら、この平和な森の外に何かが起ろうとしているのだと式子は感じ、女別当が語ろうとしている事態を早く知りたいと思う心と、それを拒否する気持ちが入りまじって複雑であった。

「和歌のお勉強はずいぶんお進みになりましたこと」

女別当は文机の上の草紙に目をやりながら穏やかに言った。

「詠みたい素材は月につけ草木につけ目につかないものはありません。でも私の気持ちをそこに植えつけて心を歌うことがむずかしいのです。どのようにしたら三十一文字の中に思いをこめることが出来るのでしょうか。こんな悲しみ、諦らめと憤りにどうしようもない気持ちに溢れていますのに」

「胸の内をそのままお出しになってはよい歌にはなりません。ただひたすら想念を澄ませて精進をすることです。とは父俊成の言葉です。自分の置かれた立場を守り、自分の勤めをひたすら励むことです。邪念があってはなりません。歌道の家である俊成はその子女達に、歌の道以外は考えてはならぬと申します。斎王様はひたすら神に仕えて、学問をなさることです。世間のことはお考えにならぬことです」

「我が身内に関わることでもですか」

「以仁様のことがご心配なのですね」

式子は深く頷《うなず》いた。才能豊かな以仁王には、帝王になる相があると見た宗綱の口上が一部に広まっているのである。

「その以仁様のことでございますが、昨日十二月十六日に近衛河原大宮御所において、二条后多子様の許でご元服の儀がありましたとのことです。そのことをお伝えするためにお探ししておりましたのです」

あれほど以仁王の元服のことを気にしていたのに式子は不思議と心は落ち着いていた。気になるのはお世話して下さった多子后は二条天皇、つまり異腹の兄君の后なのである。父君と二条天皇はひどく仲がよろしくなかったのである。二条天皇が七月に崩じられ、その五ヶ月後に后の多子が以仁王のお世話をなさったのである。父君はこのことをどのようにお思いになっていることであろう。事態が険悪になるのではなかろうか。

「多子様にお委せなさいませ。叔父様の公光様もいらしゃいますし、閑院流の方々もついていらっしゃるのですから」

「でも一番頼りになる父君が王に無関心でいらっしゃるのは残念なことですわ。父君は小弁局平滋子をご寵愛とのことですもの。父君には節操がございませんわ」

女別当は斎王らしくない無用心な発言に驚いて、

「お言葉はお慎しみになられた方がよろしいと思います。どのようなことで曲げて伝わることもないとは申せません」

式子はよく分っている。女別当の前だから言えたのである。二度とはもう口に出さないであろう。新興勢力に傾いて、身内を捨てようとしている後白河院に必死に抵抗する閑院流の動きは、以仁王を擁立することで具体的に進んでいった。一度は帝位を諦めて、天台座主最雲法親王の御弟子として、城興寺を伝領したのであるが出家の方針を変えて、元服したのである。皇后多子は筋を通した二条の意志を受け継ごうとしている。多子の兄実定は左大臣にまで登った人である。式子の叔父公光は権中納言従二位である。幾人もの后を出した閑院流はまだまだ隠然たる勢力を持っていた。なんとかして後白河院の面をこちらに向けさせなければならないのである。ところが二条派であった閑院流の三条実国と公光が接近し、二条院を偲ぶ歌を三条実国が公光に贈ったことが表に出た。そのことで後白河院の怒りに触れて、公光は従二位権中納言左衛門督の地位が危うくなった。

その年仁安元年（一一六六）十二月二十五日、平滋子の生んだ院の第五皇子憲仁（五歳）に親王宣下があった。

後白河院は以仁王を捨てたのである。

以仁王の後見八条院

式子に明るい春はない。斎院に閉じ込められ、月日は暗いままに過ぎていく。涙のみ覚える日々である。女別当は式子に言う。

「八条院様はなんといっても度量のあるお方です。御父君も一目置いていらっしゃいます。そのお方も以仁王様の御後見をなさっていらっしゃいます。ですからもう怖いものはありません。ただ王はまだお若い。策謀に長《た》けた平家のつわものに、どれ程立ち向かうことが出来るでしょう。八条院様もそれを心配していらっしゃいます」

戦いは軍資金が多ければ勝つというものではない。金額なら平家のそれに負けることはない八条院の財力である。その金力と若い王を持ち上げて、策を練り、平氏に対抗出来る人物がいるのであろうか。残念ながら、見渡しても閑院流には見出だせない。そのような逞《たくま》しい策士で、絶対的な人物がいないのである。

「八条院様はお人の好い方でいらっしゃいますから、お側に仕える方々もおのずと穏やかで、策をめぐらせて政局をどうにかしようと真剣に考える人は仕えていないのです。それが不安と言えますでしょうか」

女別当は言葉を切って一息ついた。

「父俊成は、歌道の家に生れたからには、政治に関わってはならない、ひたすら歌の道に励めと申します。でも歌道がひとり歩き出来るものではないのです。現に八条院に勤める姉は、以仁王のお世話をさせて頂いているのです。歌道は皇室といつも関わってきました。国あっての歌道ですもの。自分だけ顔をそむけていられますでしょうか」

こうした言葉にこの女別当は単に歌道の家の女子ではない強さを式子は感じるのである。この姉の八条院女房も気性の強い義侠心のある女性に違いない、と弟宮のためにほっとするのである。しかし平家は怖い存在なのである。その平家の出が後白河院の妃滋子なのであるから油断は出来ない。あらためて父君の支援を失った以仁王の弱い立場を考えさせられる式子である。

平安に慣れた公卿達が笛を捨て筆を擱いて武士に立ちはだかれるであろうか。

式子は皇女という身分に生まれ、保護されている弱い立場でしかない。

「お身体に障りますから、そんなにお嘆きなさいますな。神はきっと救って下さいますとも。以仁王様には多子様がついていて下さいますし、八条院様もお目をかけていらっしゃるとのことでございますから」

女別当は明るい表情になり、声を強めて式子に語りかけた。

「八条院様もですね。それが本当なら、以仁王はなんと幸運な方でしょう。八条院様は鳥羽天皇の皇女で御母は美福門院ですもの。豊かな財力を持ち、聡明で行動力のある八条院様は、父君後白河院をしのぐほどの勢力をお持ちの方ですわ。そのお方のお力添えがありましたら、王にとってどんなに喜ばしいことでしょう」

式子は嬉しさに涙ぐんで、後は言葉にならない。

こうした情報は女別当の姉妹からもたらされる。俊成の女子達はすべて、知的で行動力があり、しかるべき所に出仕している。むろん八条院にも仕えている。

皇女であるというだけで、これほど不安定で心もとない身の上はないと式子はつくづく考えるのである。俊成の女子達のように健康な身体を持ち、強い意志をもって行動する逞《たくま》しさこそ生き甲斐ではないかと思うことがある。

式子に今、自信をもって生きることと言えば和歌の道であると考えるのである。歌道の宗家を任ずる女別当の父俊成を見ならって、心を脇にそらさず、和歌の道に没頭しようとあらためて思う。自分を生かすことはそれしかないと思うのである。

その年も明けてはや四月となり式子の叔父公光は、先年来後白河院のわだかまっていた怒りの爆発によって官を解かれてしまった。

以仁王はますます窮地に立たされた。それに追い討ちをかけるように、憲仁《のりひと》親王（六歳）に立太子の儀が行われた知らせが斎院の式子にもたらされた。仁安元年（一一六六）十月式子十八歳であった。

四　春の雪

桜の篝火

たとえ世の中がどう変わろうとも、斎王式子の思惑の及ぶところではない。

以仁王の周辺の春は暗く、雪消《ゆきげ》の水もまだ冷たい。弟君の身を気づかいながら、式子は一歩も足を踏み出すことができない。式子は十一歳で斎王に卜定されてから八年を経ていた。この年、仁安二年（一一六七）御年十八歳であった。

平滋子は女御となり、輦車《てぐるま》の宣旨を賜わった。平清盛は太政大臣まで登りつめた。何事も時運は平家方に向いている。か弱い式子のやる方もない不安と憤りは、神も御感あってか、この年の賀茂祭は、甚雨に見舞われ大地を叩きつけるように、雨は降りしきった。恐ろしい神の怒りを身に感じ、雨を見つめながら思うことは、父君があまりにも平家につきすぎて、私達兄弟姉妹を疎遠にしていらっしゃるという恨みであった。その還立《かえりだち》の早旦、女別当が式子の耳もとで、「後白河院が還立のご見物においでになっていたそうでございます」

と囁《ささや》いて、忙がしそうに立ち去った。

なにはともあれ、祭の終ったやすらぎに、式子は着替えもせず長押に居寄って、おしのびでおいでになった父君を思った。これは単なる還立のご見物ではない。式子の主催する賀茂祭が気がかりで、じっとしておられぬまま、おいでになったのにちがいないと考えると、じんと涙が滲《にじ》んでくる。雨が降れば寒さの戻ってくる山の神社で、けなげに斎王を勤める式子の様子をご覧になって、父君は声を掛けずにお帰りになってしまった。一目お会いしたかったと式子は残念に思った。

斎院生活の疲れが出たのだろうか、このごろ式子は所作の振舞いに重さを覚えるようになっていた。草木の芽吹きに春を感じて、弾んだあの心情の高まりが、以前ほどに感じなくなったことに気付いた。現世から隔絶された斎院という神域で守られていながら、身も心も苛まれる出来事は多かった。それに耐える胆力が萎えはじめたことを式子は感じた。

気をとり直してふとみれば、木々の新芽が動き出している。目が覚めるような爽やかな緑である。その時式子の心にぱっと火がともったような明るさが甦《よみがえ》った。

今年もしだれ桜が、篝火のように咲いている。行手を導いてくれる希望の花のようである。それはひと時の灯火であるかもしれない。けれど式子はその明かりに吸いこまれて現実を忘れる。

きびしい世を逃れるようにしてこの斎院で心静かに暮すことに後ろめたさを感じるものの、姉君の亮子内親王のように、現世の荒波に立ち向かっていくことの出来ない、消極的な性格をつくづく考えるのである。その分、和歌に打ち込んで物事を深く考える習慣はついた。

今日も女別当は父俊成のもとに出かけたようである。用件は何であるのか、話さないので式子にはわからない。このごろはたびたびであるから俊成家にとってよほど重大なことなのであろう。桜の篝火に見惚れて時の経つのを忘れていた式子は、女別当の声がしたのでほっとして自ずから笑みが浮んだ。

「お疲れのご様子ですね。和歌の、勉強にお励みでしたか」

女別当には式子の顔色が勝れないように見えたのである。

「あなたがいないと勉強もはかどりません」

式子は少々ご機嫌が悪い。女別当は笑って、幼い子をあやすように、

「そのようなことではいけませんね。和歌を志す者は、先ず学問をしなければいけません。よくよく古歌を学ぶことです」

「父上のお言葉ですね。よくわかっています。その学問とともに、物をよく見、考えることでしたね」

以前女別当が、父俊成は、学問をしたり和歌を考えている時は、側に寄れないほどのきびしい姿勢であったと、話してくれたことを思い出した。

「そうですわ。おわかりなのに、ぼうっとしてお過ごしになってはいけませんね。……でも斎王様はこの頃、私の父にも負けないほどのすきのないしっかりしたお顔で和歌を考えておいでになることがおありですね」

式子はこの頃一首の和歌に魂を吸い寄せられるように引き込まれて考えこむことがある。言葉が浮かび上ってくる、それを捉えようとして容易につかみとることが出来ない。やっとつかみ取ったと思い、朗読してみるとたわいもない言葉のことがあって落胆してしまう。自分の心を分明に表現する言葉は容易に見つからない。そのような時はきっと、他人の立ち入ることの出来ないきびしい表情をしているにちがいないと思った。式子は庭に目をやって、

「あの桜を見ていましたの、篝火のように花は燃えて、私に語りかけてくるのです。その言葉を聞きとろうと、心を澄まして、耳を傾けていました。このごろ何かの声を聞きとめようと、じっと耳をすます時間が多くなりましたわ」

女別当は、式子の口許からこぼれる一言一言をしっかりと聞きとめた。そして

「斎王様のお歌を父にお見せしとうございます。父は感じいることでございましょう」

と言って、一呼吸おいて後を続けた。

「斎院のお勤めも長くおなりになりましたこと……じっくり和歌を考えるにはよい環境でございましたね。あわただしくいろいろな事件が起り、通りすぎました。斎王様にはお苦しみのことが多うございました」

女別当は言葉を切り、少し考えてまた続けた。

「どれ程考えましても世の中は思う通りにはならないものでございますね」

と念を押すように言った。賀茂の奥深くに世俗から離れて過す式子に何かの決心をうながす如く

に女別当の言葉は聞こえた。

式子は女別当は何を言い出すのであろうと考えた。俊成家に出向いた用件は何であったのだろう。目をつむって冷静に聞かねばならぬ事態があるようである。

「お部屋に入りましょう」

女別当は近よって、式子の額にかかった髪のひとすじを指でかき上げた。そして、そうだ、支えてあげなければ一人立ちもおぼつかない主であるのだと感じた。

花の香りの移った式子の衣は冷えていた。ただよう花の香りは清潔で、部屋の気配を引きしめた。

「花冷えはお身体に悪うございますよ」

女別当は桜色の斎王の顔を見て、お熱があるのではないかと気づかった。でも今日の俊成家のことはお伝えしなければいけない。いつまでも包みかくしておくことは出来ないと思った。

「どのような運命も受けとめて、それがどのような事態になっても一時の感情に動かされないことでございます。これは私の父の日ごろの戒めでございます。感情に走っては、事の真実を見誤ってしまいます。私ども姉妹のような非力な立場にある人間が、どれほど裏の裏まで見抜けましょう。ですから私は事実だけをお伝えすることに致します」

女別当は緊張していた。言葉を一語一語吟味するようにゆっくり話しはじめた。

「妹の健寿御前がこのたび宮仕えに上ることになりました。このたびの出仕は後白河院の女御、平滋子様のもとでございます」

女別当は息をついだ。

女別当の妹が出仕すると聞いても式子はやはりと思うだけであった。もう驚く気力もないという心境なのである。

「このようなことを申しては何なのですが、私がこちらにお仕えする時よりも大仰な準備でございます。出仕の時の衣装が仕立上っていまして衣桁に掛けてございました。今を盛りのお妃様のもとに出仕するのですから、衣装もあれほどの豪華なものを持参する必要があるということなのでしょうか。何かと行事のお伴をすることもあるのでしょうから、春夏秋冬の着物は恥ずかしくないものをひととおり揃えるようでございます」

覚悟は出来ているつもりであるが、女別当の妹が出仕するにつけて、こうもまざまざと事実を見せつけるように報告されると、式子は情なくも、身も心もへなへなと崩折れてしまいそうであった。何とも言う言葉がない。

娘を今をときめく人のもとに出仕させて、歌道の達人俊成は何を願っているのであろうか。女別当を通して聞く俊成のあの謙虚で真摯な言葉は、あれはまことであったのだろうか。

急に不機嫌になった式子の表情を見てとった女別当は、

「きびしい世の中でございます。私の家は歌の道の家柄でございます。政治とは関わりもございません。ですが父俊成は歌の道をもって、崇徳上皇様の愛顧を受け、母は美福門院様に仕えて厚遇されました。保元の乱は父母にとって精神的に苦しい戦いでした。夫と妻がそれぞれ敵どうしの主に仕えていたのですもの。父母は戦いに関与しないことを常に心掛けて今まで難なきを得ました。私ども姉妹はすべて宮仕えに出ております。何事があってもひたすらお仕えする上様をお守りすることです。画策して身の栄達をはかることは致しません。ご主人に誠を尽すだけでございます。妹が平家側に仕えても、それはその時の成り行きでございまして、まごころを持ってお仕えするだけで政治に関わりはございません。お仕えするお家の事情はそれぞれ異なります。敵、味方の関係になることもあります。それで姉妹の仲まで悪くなるわけではございません」

このたびの妹の健寿御前の出仕について、八条院に仕える姉が母親代りで付き添うことになっているとのことである。姉妹達がそれぞれの主に仕えて男性も及ばぬ力が発揮できるのは、強い信念があるからであろうと式子は思う。

それに比べて、式子は常に迷い、あれこれ兄弟姉妹のことをただ思いやることしか出来ない身の無力を、女別当の前でつくづく情けなく思う。

姉妹が考えぬいたあげく、全力を尽して活動するその爽快さを、式子はこの女別当を見上げて思う。もともと歌道をもって大内に仕えた俊成であるから、その子女達が宮家に出仕する事は当然のことだと式子は思う。

讃岐に崩じた崇徳院は生前に、俊成の和歌に対する識見を高く評価されていたと聞かされてもいたし、後白河院も昨今俊成の歌道に於ける活動に注目しておられるようである。

部屋から見える桜が枝葉をそよがせ、あるかなきかの風が、幼い日の父君の思い出をたぐりよせてくれる。しかし今日はその風がうとましい。

父君はその場その場で身をかわし、ご自分だけが安全な場所に身を置いていらっしゃるようである。あの絢爛たる桜のように、今はどのようにきらびやかにお過しになっておられるのであろう。滋子所生の憲仁親王を中にして、目出たい日々を送っておられるのであろう。

后滋子の日常

仁安三年（一一六八）三月九日女御滋子は立后し、中宮と称された。同月二十日憲仁親王は即位した。

中宮に出仕した妹の健寿御前を気づかって、女別当は時々書面で励ましている様子である。何しろ健寿御前はまだ十二歳なのである。

女別当の懐から文の端が覗いていた。式子はそれに目をやって、

「健寿御前のお勤めは大変なことでしょうね」

と思わず言葉が洩れた。

女別当には式子が院父君のご様子を早く知りたくて催促しているように聞えた。折につけて御所を訪れて、妹の勤めぶりを見、帰ると式子に報告している女別当である。

健寿御前のふみは、父君後白河院のご近況をこまかく知ることができる唯一のものということなのである。父君がいかに后滋子を寵愛しておられるか式子は毎度耳をふさぎたい思いで聞くのであ

るが、健寿御前がお側で仕えて伝えてくる便りはこまかい所にまで目が注がれているので、早く聞きたいのである。

この斎院では女別当が式子のために献身的に尽くしてくれているのに、俊成の女子の一人が滋子に仕えて、まめまめしく働いていると聞くだけでどうしてこうも妬ましいのであろう。式子の心はおだやかではない。しかし聞かなければいっそう心の落着かない式子である。

女別当は懐《ふところ》から文を取り出して式子の膝近くに押し広げた。式子はじっと見つめた。

「まだお若いのにしっかりした文字だこと、さすが能書家俊成のお子ですね。し文字をすっとのばしたあたりなかなか大人顔負けの書き振りですこと」

「いいえいえまだまだでございます。でも芯の強い子でして、皆様に支えられながらお勤めを果していくことでございましょう」

「幼いうちから勤めに出て、苦労も多いことでしょうに」

と式子は言って言葉を切った。年齢のことなら式子も同じこと、十一歳で卜定され、翌々年はじめて賀茂祭を主催した。その式子のけなげさを言わんとしている女別当の様子を口許に見て、それをさえぎり、「私はただ人形の如く、言われるままに動いているだけなのです。誰にでも出来ます。それに引替え宮仕えはそうは参りませんでしょう」

「はい。妹には、八条院様に仕える姉が親代わりになって面倒を見ております。しっかり躾《しつけ》られていますので心を楽にして励んでおりますことでしょう」

「父上の俊成卿は早く父親と死別して苦労なさった方と伺っております。宮仕えに対して子女の教育はしっかりなさっていることでしょう」

式子は俊成の人柄と歌の才に敬意を表して私淑していた。噂に聞く子女の勤めぶりにも、俊成の人となりを偲ぶことが出来る。

読むのは憚るように、式子は文を返して、「ありがとう」とだけ言った。父君と新后のむつまじい様子を聞くことは、母上のことを思えば悲しいことであった。しかし女別当は文を返しても式子様が斎王の身を離れて、個人的にも後白河院と新后の様子を知りたいと思っていらっしゃることを知っていた。

今日のふみはさしさわりのない新后の趣味のことなので、内容をお話しするにも気が楽なのである。女別当は切灯台に近寄り、ふみを読みながら物語った。

后は殊に小さなものがお好きで、掌にのるような唐櫃の中に、ひなの道具を思わせるような屏風を立て、炭櫃をすえ、丈の低い、美しい几帳を立ててたのしんでおられます。

今日は御殿の前裁に小さな萩、すすき、おみなえし、かるかやを植えられました。秋には虫が放たれて、愛らしく造られた植込みの中で涼しげに鳴くことでしょう。

女別当は妹の声を再現するように、幼なじみた口調で読んだ。斎王式子は微笑して、忠実に仕える健寿御前の姿を想像した。

后は女房達がたいくつしないように、貝おおい・石な取り・乱碁などの遊びをおさせになって、和やかなご様子とのことである。

　后は物事をすみずみまできちんとする方で女房達の躾けもよく、御所の中が乱れていることがないことなどは、健寿御前の前のふみで、式子はよく知っていた。

　今日の手紙の終りには、后は後白河院のまつりごとについても内助のお力のあることが書き添えてあった。

　健寿御前の語る后の評判はよいこと尽くしなのである。父上が后滋子をお慈しみになる気持がよくわかり、それは喜ばしいことながら、式子はやはりねたましい。

　十七歳の以仁王を擁して平家の擡頭を阻止しようと奔走する閑院流の公卿達がいるという。以仁王にとって頼りになる一番身近な人は叔父公光であるが、以仁王の元服の儀は先に永万元年（一一六五）二条の后であった多子の近衛河原大宮御所にて行なわれていた。それは強引といえるようなものであった。父君と、二条の両帝は父子でありながら仲が悪かった。皇位を院政派に渡すことを阻《はば》んだ二条帝の強い意志を継ぐ多子が、以仁王を保護したとのことである。こうした事にも問題が残りそうであった。多子やその兄実能らの反平氏勢力の頂点として以仁王が担ぎ上げられたといえば聞えは悪いが、閑院流は、同じ流れの後白河院が、平氏におもねって、一門をかえりみない苦々しさを誰しも深く味わっていると宣伝されている。

　母君が御所を退出なさって、ご実家の三条高倉にひっそりとお暮しになっていらっしゃると聞く。父君はなんと心ないことをなさるのであろう。

母君は以仁王の奮起を願っておいでなのであろうか。以仁王の決起を時には望むことはあったにしても、実行される段階にまで思いが及ぶ時、母君はその事の果てに、以仁王の暗澹たる最後しか想像できないのではなかろうか。叔父公光がいともたやすく解官されてしまったのである。父君に反抗して憤死にも似た最後となった二条帝の崩御（永万元年、一一六五）もまた生々しく脳裡にある。

以仁王に掛ける思いは母上はじめ閑院流にひとしくあっても、結局操り人形に終って王が哀れな最後になるのではという思いは誰しも持つに違いない。

閑院流の犠牲になって歴史の一すみに押しやられてしまうに違いない以仁王の運命を式子はひそかに憂えた。

姿美しく諸芸に秀でた以仁王が脆《もろ》くも崩れてしまう事は想像するだに忍び難い。王はいつまでも毅然として詩を吟じ、笛を奏でる高貴な姿であってほしい。

長姉である亮子内親王が、王の身の上を何かと気遣っていらっしゃるということが式子の耳に届いていた。鳥羽院皇女で、莫大な資産を持つ八条院も後ろ盾になって下さっているということは女別当から密々に聞いていた。王の運命がたとえ悪いほうに傾いても、最悪の事態は免れられるという思いは、式子ならずとも、母君や兄弟姉妹の抱いた感慨に違いない。

雪の日の再会

新興武家平家をおさえて、我が閑院流を興してほしい望みを以仁王に繋ぐ時、式子の心は苦しく微妙に揺れた。行動力のある俊成の女子達ならどのように身を処するであろう。

底にうごめく力関係を測る眼力と行動力は、若い以仁王には皆無であるに等しい。そのことを考え、心を苦しくゆらせながらいるとそれだけで恐ろしい。

思いをこめて詠む歌は、斎王として国家鎮護の和歌として賀茂神社に奉納するのが常道であろうが、その心は、おのずと母君や兄弟姉妹のお身の上の安泰を願っていることに式子は気づく。

深窓に育ち、和歌に没頭することしか出来ない姫君にはどうすることも出来ない。

たとえ誰に担がれたとしても以仁王には以仁王の信念で貫いて頂きたいと思う。みじめな最後でありませんように。二条天皇が父君に背いて信念を通されたように潔く、以仁王も正義を示して頂きたいと思う。頑健でない式子は何事も消極的である。せめて以仁王は思いきって身を奮い立たせて立ち上ってほしいのである。

仁安四年（一一六九）二月二十九日は、後白河院が出家の別れを告げに賀茂社においでになって今様をうたい上げて、奉幣された。

久しぶりに父君に逢える嬉しさで、式子は心が昂ぶってよく眠ることが出来なかった。

夜明けと思われるような白々とした明るさに式子は目覚めた。

蔀のすき間から洩れ入る明かりは、透明で冷たい氷のように射して、部屋を明るくしていた。まだ夜明けにはなっていないはずである。それほど眠ったとは思えない。肩のあたりが寒い。この寒さは雪にちがいない。式子は起き上がって、人に気づかれぬように重い蔀《しとみ》を少し上げてみた。薄陰りの空から湧いて舞い落ちる雪片は、深々と山を埋めていた。風はなく、雪は音もなく積っていた。

かすかに雪に紛れて人影の動くのが見えた。雪をすくっては脇に捨てている。道の雪掻きをしているようである。

後白河院の参拝のために昨日のうちに参道は整備されていたはずであるが、夜来の雪が埋めてしまっていたのである。

式子は体調がすぐれず、今日のために昨夜は早々に休んで身をいたわっていた。

風邪気味の熱はまだ身体の中にひそんでいるようである。思いきって身体を動かせば熱は発散してしまうのかもしれない。だが身は懶《ものう》く、気分は晴れない。

木の枝に雪がかかり、いづれが花か見わけ難い。

「雪のおで迎え……」

式子は呟いて床にもどった。

幾刻か眠れば身は軽くなり、気分もいくらか晴れやかになるであろう。抜け出たことで冷えてしまった重ね袿に身を包んで横になり式子は目を閉じた。白い雪の野のむこうにこんもりと薄墨色に森が浮かんでいた、その景色が脳裏に甦ってきた。

再び目を覚ました時、あたりには人の気配がして、なんとなくざわめいていた。

体調のすぐれない斎王の身を気遣って、几帳に寄る人もいないようである。

「雪がやんでようございます」

女別当が明るく、ひとり言のように言って通り過ぎていく。

人の気配が繁しくなったと思うころ、部屋の内をそうっと伺う人がいた。

「雪はまだ降っていますか」

との式子の声に、

「おめざめでしたか。雪が止みましてございますよ」

と答えたのは女別当である。

「火を運ばせましょう。お工合いはいかがですか」

「気分はよくなりました。昨夜はよく眠りましたから」

「御父君にお会いなさる日ですもの、うきうきなさってお身体もよくなられたのでしょう。お部屋が暖まってから、お起きなさいませ」

ちょっとの間であったが顔を上げて話をしているうちに肌が冷えて、寒さでひきつるように覚えた。

小女が火桶を運んできた。赤く熾《おこ》った炭が、薄暗がりの中で美しく見えた。

着替えをし身繕いをして坐ると気がひき締まり、父君のおいでを早く早くと待つ思いが募った。廊に出ると雲が切れて、あい間に空が見えた。雪に吸いとられて塵ひとつない空気は清浄で肌に痛いほど冷たかった。

うす藍色の空から光が射し、神々しく神山を照らしていた。父君が渡っておいでになる道は掃き清められていた。

今朝のこの明るく爽やかな気持は幾日ぶりのことだろう。

木の枝に積った雪の落ちる音が意外に大きく、やがてまた紫野の静寂な気が戻る。

杉の枝の雪がはね落ちる音に又はっと驚き、式子は眼を見張る。隧道が開けたような心地がした。今日父君とお会いして心ゆくまでお話がしたい。心の中のわだかまりを投げ出したら、今のこの空のように晴れやかになるであろう。その時、真実自分は隧道から抜けでた思いになるのであろうと、ひたすら願った。

父君の法会の儀式は滞りなく進み、御神楽もおごそかに優雅に奏でられた。そして、法華一部と千手経一巻が、経題と経の初、中、終の数行を略読して、転読奉納された。

父君はやがて僧形に姿を変えるお覚悟があって、そのご挨拶に今回の参拝となったのである。そのご心中をお察して、式子は胸に迫るものがあった。今様に凝って、物にこだわらず大様にお過しになっているようであるが、内心は苦しいことが沢山おありになるはずである。

今日父君にお供をして参った近臣は、謹厳な面持ちで控えてはいるが、困難な政治的問題に智恵者ともなる臣下はいるのであろうか。世の中は今や今様などに凝る余裕や暇など全くない逼迫《ひっぱく》した状態のはずである。

父君は、成親卿の吹く笛の音にうっとりと聞き入っておられる。ついで資賢卿の催馬楽である。「青柳」「更衣」「いかにせん」が歌われた。そして父君の今様となった。

雪が浄めた清々しい宝前に父君の声は重みをもって響いた。地から湧いて、盛り上ってくるような含みのあるお声は、四方に広がり、木々の葉を感動させて、舞上っていくようである。故事に言う、塵が感きわまって梁から舞い落ちるなどという程度のものではない。何という美しいお声であろう。式子はあらためて父君を見つめた。これこそ殿方中の殿方とばかり、総ての人に見て頂きたいものだと思った。そしてふと母君はどのようにお暮しかと思った。

　春のはじめの梅の花
　喜び開けて実なるとか

資賢があとの第三句をひきとってうたった。

　御手洗川の薄氷
　心とけたるただ今かな

資賢は、いささか西にむきをかえ

　松の木陰に立ち寄れば
千歳《ちとせ》の翠《みどり》ぞ身に染める

梅が枝插頭《かざし》にさしつれば
春の雪こそ降りかかれ
と、軽くうたい流した。
では、と父君は膝を正して
ちはやぶる神
と呼びかけられて、
神におはしますものならば
あはれにおぼしめせ
神も昔は人ぞかし
とお続けになった。
出家を思いきめていらっしゃる父君の、現世に思い残す絆《きずな》の数々を、式子は思いめぐらした。父君の苦悶が思いやられた。子もほだしのひとつであれば、父はどのようにこの私を思っていてくださるのであろうかと式子は考えた。
もともと繊弱で、暑きにつけ寒さにつけ温熱を出し、けだるさを覚える体質である式子は、このごろとみに斎王としての勤めを苦にするようになっていた。いつまでも安定しない世にあって、安全な斎院であるにしてもやっぱりお勤めは重いのであった。
いくつもの苦悩を抱えながら、その苦しさを顔色にも出さず、平和な表情で父は繰り返し、「神も昔は人ぞかし」とうたい続け、だから現し身の苦労を理解して救って下さいとおうたいになっている。

上気したお顔の、ほのかに色づいた目もとや頬のあたりに目をやって、式子は父君は美男におわす、と呟いた。立ち姿も調ってご立派である。

今様に凝っておいでになるが、狂気かと思わせる執着心の強さは女人にとっては魅力なのであろうか。今様のうたい手の中でも父君の人気は高いのである。

艶《つや》と張りのあるお声にうっとりと、式子は聞き惚れた。いつまでも父君を信じて身近かにいたいのに、后滋子の存在を思うとつい遠慮勝ちになってしまう。だが今は目の前においでになって、式子だけの父君である。

二十歳の今の式子は、斎王としてよりも、父君の娘としてありたいのである。

篝火に映えて、樹木がくっきりと映り出されている庭には、何の物音もなく、父君のうたう声のみが、暗闇の森に吸いこまれていく。式子が今様をこれほどまでに尊厳な心をもって聞いたのは始めてである。勤めとしてではなく、悩み多い現身の救いである神をしみじみと感じた。

父君のねぎらい

儀式通り今様の奉納が果てて、父君は紫野の斎院にお渡りになった。俗体での賀茂社へのお参りはこの度が最後である。式子の斎王退下もま近いことを考えられて、感深く、無理を押してお決めになったのだろうか。父君も式子と離れ難い思いなのである。一足先に斎院に戻って、式子は父君をお迎えした。

「こうしてゆっくりお話ができるのは、この上もなく嬉しいことですね」

父君がおっしゃる以上に式子は、言葉に表わせないほどの感激である。

父君は昔に思いを馳せるように、面を少しあげて軽く目をつむられた。そのお顔を見つめて、肉親でありながら遠く離れてしまった父君をずいぶんお恨みしていたと、式子は思う。そしてつぎつぎとご一緒に過していた時の懐かしいお顔を思い浮かべた。御母三位局の下で、和やかであった日々のこと、仁和寺に入られた守覚と前の斎宮の長姉亮子のお二人の、意志が強く、行動力のあること、休子、好子の妹君は身体が弱く、引きこもり勝ちである。身分の不安定な以仁王はどのように過しておられるであろう。一番気がかりである。

女別当が湯茶を運んできて院に捧げ、

「お疲れになりましたことと拝察申上げます」

とねぎらった。そして、

「斎王様は実は少しお風邪気味でしたので、今日のために昨日は一日お休みして頂きました。久しぶりにお父君との再会でお喜びのあまり風邪などどこかに飛んでいきましたようですね」

と申し上げた。

「今日の目的は一つには斎王に逢うということもあったのですよ。噂によれば最近は臥《ね》ることが多く、決して健康ではない様子と聞いておりましたのでね。今日は長時間側にいて、今様を聞いてくれました。思ったより身体の調子は良いようだとひそかに顔色などうかがっておりましたが――」

とのお言葉に、

「興奮して、上気しておりますせいでしょう」

と式子は申し上げた。

「疲れが後からでなければよいが…」

と父君は労わり、温かな視線で斎王をおみつめになった。

「精がつくといわれている食物をいくつか運ばせましたから、調理をしてもらって食してみなさい」

院のお言葉を有難く聞いた女別当は恐縮して申上げた。

「斎王様の潔癖性は食物にもきわだっていまして、まあ好き嫌いがおありになります。薬と思ってなんでも召し上がって下さいと申上げるのですが蒜《ひる》や韮《にら》はいやなにおいなのでなかなか召し上がっていただけません。御所様から頂きました鮑《あわび》は貴重なものです。ありがとうございました」

「斎王には小さい時から、食べ物がかたよる傾向があることを母が言っておりましたね」

と、問いただすように式子をごらんになった。雪をいとわず山の紫野までお渡りになって、病い勝ちな式子を見舞って下さったことに感激し、今こそ父君を独占した思いで、式子は満ち足りた感じであった。

「女別当の言うとおり、薬と思って、身体のためなら斎王といえども何を食べてはいけないという掟はありません。朝からでも精のつく物を食べて丈夫になって下さい。それが私の願いです」

　式子は深く頷いた。

「斎王としてのお勤めは卜定されてから十年になりますね。まだ幼なかった式子との別れはつらいものがありましたよ。身体の弱いのにお勤めはつらいこともあろうかと心配していましたよ、決して忘れていたわけではない。この私にも様々の出来ごとがあって、苦慮することばかりでした。女別当も斎王に付き添ってくれていろいろありがとう」

　とねぎらいのお言葉があった。

　気が強くて派手好みの父君だが、本性は気が小さく淋しがり屋であることを式子は知っていた。心を安心して預ける所のない孤独な帝王……と思ったこともあった。お側に侍る人は后も重臣も警護の人々も、数多く仕えているのに、父君はなんとなく心もとないお姿にお見受けしたこともある。その度に思うことは、たとえば以仁王のような、学もあり、思慮の深い方をお側にお置きになって信頼して、一つでもおまかせになればお気が楽になられるのに、総て一人で背負っていらっしゃる。重臣と頼む人に裏切られてくやしいこともおありのようである。

　高倉三位局を母とする父君のお子達は大勢いらっしゃるのに、一致して父君をお助けしているわけではない。それぞれの場でようやく難を逃れているような立場である。自分も含めて兄弟姉妹がもっと強くありたい。病弱であればおのずと意思も行動力も弱くならざるを得ない。それだけに、式子は時に行動力の強い人に憧れる。せめて以仁王にと頼む思いの高じるのは、母も含めて弱い立場の兄弟姉妹を憂うるからである。

　細い式子の身体にひそむ芯の強さと、人の内面を見抜く式子の慧眼をご存知の父君は、式子の考えを察知されたようである。

「私を最高の権威者であると思っておいでのようだが、その権威をもってしてもどうにも出来ないことがあるものなのです。今は私はただ沈黙あるのみなのです。世間は時と共に変っていくのが道理です」

　父君が以仁王のために画策すれば、世の中はまたしても騒然として収拾がつかなくなるのであろうか。

　曽て保元・平治の乱を経験された父君が骨肉の争いの恐怖を思い起さぬはずはない。事を起さぬためにはその事に触れないこと、沈黙することも大切なことなのであると、父君は覚悟を決めておいでになるようである。

　父君は二服めの挽茶で口を潤ほし、話題を変えておっしゃった。

「和歌を披露して下さい。そのことも楽しみにしていたのですよ」

　父君はにこにこしていらっしゃる。

「そなたには佳いお歌が幾首も出来ていることでしょう」

　女別当が口を添えて言った。

「斎王様は慎重で、なかなか発表なさいません。以前に作ったお歌を口誦みながら、毎日直していらっしゃいます。佳いお歌が幾首もございます。その中から何首かおめにかけてはいかがでしょう」

だが、式子は遠慮していらっしゃる。女別当は式子の歌の草紙を取りに席を立った。

どのような和歌が披露されるのかと院は心が弾む。

「何かと心もとないこともあるでしょうが、この瑞垣《みずがき》に守られて、心清らに和歌を詠んで日を過すことの出来る平穏を、よくよく考えてみて下さい。またいつ大きな戦乱が起るかもしれない、世情不安は、皆、私の責任かもしれません。だが安定を願わない為政者がいるでしょうか。所詮、神も昔は人なれば間違いはあるのです。ましてや現世に人が行う政治にすべて期待しても、叶うものではありません。私は疲れました。そろそろ出家のことを考えています。斎王も疲れたでしょう。身を軽くして、病み勝ちの身を養うことですね。十年の歳月が、この神垣の内で、斎王の歌の心をどんなにか深遠に育くんだことでしょう。それだけは、決して神は欺かないことを信じていました。残酷な考え方かもしれませんが、十年のこの神域は斎王の鍛錬の道場であったと思って下さい」

たしかに式子もこの十年の歳月をかけて、我が歌の心は育《はぐ》くまれたと思う。それは確立したものではなく、不安は残るが土台は出来たと思う。これからも深く掘り下げて、和歌に関わっていきたいと思う。

「ありがとうございます。ご深慮にそむかず学んでいきたいと思います」

「斎王の和歌だけは、私の期待に添えたとうれしく思います」

父君は表情をゆるめ、

「父もね、うれしいことがあります。今様の研究は着々と進んでいます、まとめた暁にはいつか言った通り『梁塵秘抄』と名付けたいと思います」

「まあなんとうれしいお話でしょう。政務のお忙しい中、こうした余裕をお持ちになるなんてさすが父君でいらっしゃいますね」

父君は今様、式子は和歌の道に、たとえ居は別にしても志は続いていたのである。

「あのお話は、中国古代の名歌手に、虞公・韓娥という人がいて、その人の声は美しく、言いようもなく優れていて、誰もそれには及ばなかった。そして人々は感激の涙をおさえることが出来なかった。その妙なる声の響きに梁の塵が舞上がり、三日も落下沈着しなかった。その故事にちなんで梁の塵の秘抄と申すのでしたね。以前父君から伺いました。長年胸の中にあたためておいでになった、ご本のお名前ですね」

「よく覚えておいでてでしたね。全くそのとおりです」

父君は完成の日を夢みて、もうその日が待ち遠しいご様子である。

女別当が式子の歌の草紙を手にして現れた。

「どうぞ」

と父君にお渡しした。

父君は式子の草紙にじっと見入っておられる。背を少し屈《かが》め、草紙を目に近づけて、何かを感じとっていらっしゃる。何か感動がおありのようである。

式子は、父君はお変りになったと思う。式子がよく見かけた若くて反応の早い父君ではない。老いはじめた人の慎重さの見られる奥深さである。四十路を幾つ越えられたであろうか。

「よくものを考え、見つめる人の筆跡ですね。一語、一語をおろそかにせず、念入りに認められた筆の跡は、その人の精神的深さを思わせます。幼い時から斎王は、しっかり筆先を下ろして書く人でした。いわゆる垂露の筆法をおのづから備えていました。この神域は斎王にとって厳しい修行であったことと思います。でも考える人を育てた神域として、貴重な場でしたね。それを確認できたこの度は、私にとっても意義のある日となりましたよ」

父君は斎王をじっと見つめられた。

式子は有難いお言葉を身にしみて感じた。式子は、神に仕えながらも、現し身のあわれにとらわれて迷った年月であったと思う。はからずもそれが和歌の道を深める道場ということになったのである。

ながむれば見ぬ古《いにし》への春までも面影かをる宿の梅が枝

父君は式子の草紙の中から一首を目にとめてお読みになった。

「斎王、そなたが読んで下さい。作者の心をこめた声がその歌を一番よく現していると言えるでしょう」

式子ははにかんでうつむいていたが、結んだ口許がゆるんで声になった。

雪の霊気が部屋に流れこんだのかと思われて身のひきしまるものを感じながら、式子は和歌を朗唱した。このような経験ははじめてである。自分の歌に自信を持った第一歩であった。

父君は白い紙に書かれた式子の筆の垂露の力に、投げやりにしない、しっかりと納める式子の性格を現しているとしみじみ思われた。

朗詠もこの筆跡の如く終りをしっかりとどめ、お声は余韻をもって広がり、空に吸いこまれていった。

父と子の、生涯においてたった一度の貴重な時間であった。

「もう一首、この和歌も朗詠して下さい」と父君がご所望になった。

式子は思いきって一首を朗詠したことによって、思いのほか声がなめらかに出たことに力を得た。女別当が式子の目を見つめて頷《うなず》いた。式子が父君のお顔に目を移すと、そのお目は幼かった時にいつくしんで下さったあの慈愛に満ちたあたたかさがにじみ出ていた。

式子は一語一語かみしめて、声を発した。父君は目を閉じて、うっとりと聞き惚れておいでになった。

忘れめや　あふひを草に　ひきむすび
仮寝の野べの　露のあけぼの

長い斎院の生活が、式子の歌を清らかに育てていった温床といえる。

父君は式子の朗詠に耳を傾けながら、草紙に誌された歌に、感銘深く目を注いでおられた。


誰が垣根そことも知らぬ梅が香の夜半の枕に馴れにけるかな

恨むとも嘆くとも世の覚えぬに涙なれたる袖の上かな

草木を唯一の友とし、憂悶を訴え、人に対しては我が身を耐え忍ぶことを強いて経てきた式子の年月の結実を歌に見て、父はやるせない思いで、斎王をお見つめになった。

　夜半の枕に馴れにけるかな

　涙なれたる袖の上かな

父君は結句にこめられた式子の思いの深さに、うなだれておしまいになった。

式子のこの孤独の嗚咽をあらためて知った父君は、長い間父として疎遠であったことを申訳なく思われた。だが斎院退下後も続くに違いない式子の、暗い道を考える時、帝王といえどもどうにもならない運命のきびしさを思って、暗澹たる思いになられた。

今日は、父と子の生涯においてたった一度の貴重な日であったと式子は思った。

五　浮雲

女房歌人

紫野の斎院に在って、日々神に仕え、勤めを怠らない式子が、外に熱い目をむけるものがあったとすれば、それは当代に活躍する歌人であり、その人の歌を通して見る世の中であった。中でも、女流には深い関心があった。

後宮や公卿の家々に仕える女房たちは不穏な情勢の世の中で、それぞれの場で主家のために尽し、歌を詠んだ。それは個性豊かで多彩であった。

式子の奉仕する賀茂神社には代々神主、禰宜、祝《ほうり》の職名で仕える賀茂氏があった。宝亀十一年（七八〇）四月二六日に賀茂県主の姓を賜って以来、家系は栄えていた。

賀茂氏からは、歌人として名高い者が多く出た。今までに勅撰集に入集した歌人は四十名に近い。

斎王式子の時代もまた賀茂氏の和歌活動は活発であった。歌会はたびたび行われた。式子は出席したことはない。だが斎王が、歌の道にはまれにみるほど熱心であることは、知れ渡っていた。歌

大徳寺（『都名所図絵』巻之六）
当寺の周辺が紫野。本寺の東、大宮川のほとりに斎院があったという。

人の詠草は式子の許にその都度届けられる。式子の目を惹くのは女房たちの歌なのである。

式子は御垣の内で、書を読み、自然をみつめ、姉妹のこと、不運な母君の御身の上に思いを馳せて、黙考する。そして生れた和歌が唯一の収穫である。賀茂社の歌会は歌壇の一郭である。私淑する歌人を頼りに、式子は励んでいる。しかし歌の会で批評され、また自ら説明する場はない。競う相手がいるわけではないから己れの歌をどう評価してよいかわからない。他人はどう評価するかもわからない。どの程度の珠《たま》か瑕《きず》かわからない。すべて己れの感覚が頼りである。その不安は歌を詠むことに圧力がかかって胸の重くなる思いである。

話に聞く小侍従は資質を生かし、片意地張らず、伸び伸びと歌を詠んで交友の場を多くしているようである。そのような心おおらかな歌人に式子は憧れる。

身分上式子は狭い範囲でしか行動出来ない息苦しさから逃れたいと思うことがある。

小侍従は、太皇太后多子に仕えた女房である。多子は近衛・二条の二代の帝に入内した后であるが、式子の弟以仁王を保護し、大宮御所において以仁王の元服の儀を行ってくださった恩人である。その大宮に仕えた小侍従に式子は関心がある。

斎院にあって心身ともに束縛されていると思う時、小侍従の歌は式子の胸をぱっと開いてくれるのである。

小侍従は、菅原道真の子孫で、鳥羽院侍読式部大輔菅原在良の娘小大進を母とし、父は石清水八幡別当紀清光である。歌人としての資質は母方から受け継いだものであろう。

式子は小侍従の歌によって柔軟な受け止め方、発想の多様さ、展開の機微などを教えられた。ややもすると沈み勝ちで暗く、息の詰まるような自分の歌の重々しさに息切れがする思いに追い込まれながら式子は自分の歌をまとめているのである。

小侍従が夫君藤原伊実に先立たれた時、四十路を越えていたと聞いているから、母上ほどの年配であろうか。それから二条天皇に出仕したという。

なにかと醜聞をふりまかれているようであるが、そんな噂は人にまかせておけばよい。小侍従は雅通・頼政・経盛・実定・隆信・師光・隆房らの殿方と親交を深めて歌を交し、資質を磨いてますます成長していく。これも歌人として充実した生き方ではあるまいか。

小侍従は歌合・歌会などに出席して、機知に富んだ聡明さを思わせる歌や、妖艶な恋歌に情趣をかき立てる、気の若い歌人なのである。

賀茂社の神主や禰宜とも親しく、又参拝の折は社務所に立ち寄って時を過していくこともあるとのことである。

小侍従はかく歌う。

　たらちめはこひにいのちをかふべしとしらでや我をおほしたてけん

両親は「命とひきいかえにしてでも恋は守るものだ」とは知らないで私を養い育てたのでしょうか、と問いかける。思い人よりもやっぱり親の方を大切にすべきだと思って育てたのでしょうか、と小侍従は複雑な我が心に思い悩む。この女心の率直さに式子は動揺する。

式子は、人間の不思議なこの感情を、高貴な身分で、しかも神に仕える身は、「こひにいのちをかふ」ことは忌むべし、と思う気持が強い。潔癖さが心身を支配してしまう。がんじがらめになってしまうものの、美しいもの清らかなものに対する恋の感情は残る。憧れにも似たその心は自由な立場にある人よりも強いと式子は思う。

姿の美しい人、心の清らかな人、資質の立派な人に、式子は強く惹かれる。それを我がものにしたい思いは消しがたい欲望として残る。

月に対するような心で人を思うことは出来る。月を詠むような心を持って人を思う歌を詠むことも出来る。しかしそうした複雑な美だけをもって人を詠むことは出来ないものなのだと人間の妖しさを思う。そして人間の浅ましさに悲しみ、とうてい三十一文字に表わせない苦しみを味わう。

式子は、今空の深いところで、音がしたと思った。鳥か、木々の揺れか、人の声の谺《こだま》か。一瞬のうちに消えたが、壮厳で美しい響きは脳裡に残った。その響を楽しみながら、そのような残像のみに愛着を持つ人間は、前に進み難いものだと式子は思う。式子は残像のみで、それにこだわりすぎる、と自分を分析する。一歩前へ進むことなどあり得ないのだ。

小侍従も残像を和歌に詠むことはある。しかしそれに留まらないですぐ脳裡を新鮮な空気と入れ替えて、また新しい実像に目を向けるようである。小侍従はだからいつも若く美しく活き活きとしている。因習に捉われず、それでいて踏みはずさず、見所を高く持つ。小侍従の歌の愛好家は多いのである。

壁代《かべしろ》の歌うわさ

「久我の大いどのが、小侍従様と文を交しているそうですがご存知ですか」

「それは初耳ですわ」

はじめに言い出した女官は、そうだろうと得意顔で、

「そうでしょうね。まだ、おしのびで時々逢っているそうですが、いずれわかることですからお教えしましょう。さる所から入手した確かな情報によりますと、小侍従様が二三日泊まりがけでお出かけになるそうですよ」

紫野の斎院はお固い所として名が通っているのだが、どこにでもこういう噂には耳ざとい人がいるもので、小侍従と久我雅通との噂はぱっと広がってしまった。


　はかなさもあふ名なりけり夏の日も見るほどありとおぼえやはせし

その女官が久我雅通の歌というのを裾をかいつくろって口誦した。

「あなたは相変らずはや耳ね、そのお話はどこから手に入れたのですか」

もう一人の女官が壁代《かべしろ》よりあたりを見まわして尋ねた。

「そこは、私のことですもの。さる所からですわ」

「はかない逢う瀬だって恋は恋。その時間が夏の夜のように短かくても真実であれば貴重なものなのだとお考えにはなりませんか、ですって。しかし女は、はかない恋など、心もとなくてそれで過

せるでしょうか」

と別の女官が、多分自分の経験から言っているのであろうが、小侍従の立場を考え、

「私は小侍従さまの歌をいいお歌だと思いますよ。女心が溢れていますわ。いい加減に詠まれた殿方の歌に対して詠んだ小侍従様の歌は私の心を揺るがしてくれましたわ。

おもひわびたゆるいのちもあるものをあふ名のみやははかなかるべき
小侍従さまは真面目な方ですわ。一途な人で、そこに殿方は惹かれるのですね。いつまでも瑞々しさを失わない。それがお歌によく出ていますわ。思いわびて絶えてしまう命だってあるものを、はかない逢う瀬でも我慢しなさいとは、頼りがいのないことですのね。と詠む小侍従様の歌をおろそかに出来ませんわ。殿方というものは、女性の真心を上手にかわして、難なく生きるのですね」

女性の嫉みを気にせず、歌の本質に触れる女官の心は小侍従の身になりきってかばうので、同性の同情を引いた。

そして名門の久我内大臣雅通にむける批判の目は厳しい。

式子は女別当から、このような女官達の会話の活き活きとした様子を聞くのは稀ではあるが格式や身分に捉われない女官達の気楽さに、ひと時、心のわだかまりをほぐすことが出来る。すべての人は自由な心で歌を詠めるのだと思い、そう出来る人が羨やましい。

式子は自分にも束縛されない時間が時にはあるのだから、ゆとりを持って、また遊びの心を持って歌を考えることができたら、もっと広い範囲の歌人の和歌を鑑賞出来るにちがいない、と思った。

労いの使いを待つ

式子の御姉である亮子内親王のお使いとして、女房の大輔《たいふ》が、お見舞いに訪れるとの音信があった。

斎王式子のこの頃の身体の不調や、先頃の父君後白河院のお見舞いの時の様子など更に詳しく、御姉の方にいち早くもたらされていたのである。

半歳も続く微熱と疲労感は予断を許さぬものがあった。午の刻を過ぎると熱が上り、うるんだお目は、涙にぬれて腫れていた。そのお顔をみつめて、側に仕える女房達は、おいたわしくて、そうっと袖で涙を拭った。

院の皇女でありながら、幸薄く、今にも消え入りそうなお姿に、女房達は心を痛めるのであった。その後も父君の院からは、国内のものはもとより外国からの到来物の薬など、折々届けられた。おかげで顔色は少しよくなられたとはいえ全くの健康体にはなれなかった。

自室にこもって心神を養いながら、斎王として仕えた年をふりかえると、やっぱり長い年月であったと思う。この頃いっそうその感が深いのは、お勤めが辛いということなのである。

部屋に差し入る薄ら陽が、ここ数日のうちにめっきり鮮やかになった。

遅咲きの桜はあるかなきかの風にゆすられて、今にも散りそうである。

使いの大輔は、姉上が斎宮に卜定された時にはすでに女房として仕えていた。古い女房である。

大輔は四十路近い女房歌人である。意志の強い努力家で歌歴も十分に積んだこの歌人は、また式子の羨望の人でもある。

十九歳の式子は敬意をこめて迎えようと思う客人である。

年齢は小侍従が、保安二年（一一二一）生まれの四十七歳、次いで大輔は十歳年下、亮子内親王は大輔より十六歳年下、式子内親王は一番若くて十九歳の順である。

長幼においても歌人としても大先輩と仰ぐ大輔を式子は眩しい思いで見上げる。

賀茂氏が催す歌合や歌会の詠草はその都度式子の許に届くので、その会に出席する小侍従の歌もそうであったが、大輔の歌もそらんずるほどに覚えてしまった。

大輔は姉君亮子内親王家の信頼の厚い女房なのである。亮子内親王をお守りする責任感の厚い大輔に式子は頼る思いが強い。兄弟姉妹の長姉として、亮子内親王が波瀾の多い現世をどう生き抜いていくのか、その日々の生活の中で、大輔は亮子内親王の大きな支えとなっているにちがいないと式子は考えているのである。

大輔もまた小侍従と同じく菅原道真以来の学者の家の出である。祖父在良は鳥羽院の侍読を勤め、文章博士式部大輔として従四位上に進んだ。一族の系図に『更級日記』の作者孝標女がいる。だから小侍従と大輔は従姉妹同士にあたる。

また父方は祖母が式子達の母三位局成子と同じく、季成卿女である、その関係から大輔は亮子内親王家の女房となったのであろう。そのような血のつながりが、いっそう式子に親近感を抱かせるのであろうか。

実母に抱かれているような安らぎで、大輔にむかう気持なのである。

勝気で行動力のある亮子内親王に仕えることは、政争に捲きこまれる危険性が高い。またしても思うのは以仁王のことである。

御姉亮子内親王が以仁王に心を寄せないわけはない。以仁王が弱い立ち場に立ち、見捨てられようとしている現実に、目をつむって見ぬふりをするなどということは決して出来ぬ姉君であることを、式子は知っている。

病弱の身で、ともすれば諦念が先に立ってしまう式子は、せめて姉君の心の内を大輔から伺って、陰ながらお力になりたいと願うのである。

大輔の来訪を前にして、式子は複雑な思いで胸の塞がれる心地である。大輔は間もなく到着する。式子は心を鎮めるように、目をつむり、おもむろに、草紙を開いて、自ら誌した大輔の歌に目を通した。式子が人づてに聞いた大輔の歌は数少ないのだが、そのうちの一首、

思ひねの夢かうつつかほととぎすいまひと声にゆくへしらせよ

お前を思う夢にほととぎすが現れたのか、それとも現実であったのか、もうひと声鳴いて、どこへいくのか行く先を知らせておくれ。

と呼びかける大輔。

式子は耳を澄ませて大輔のその声を聞く。対象は本当にほととぎすであろうか。思いつめて寝た

夢に現れたのは誰であったのか。行方の知れない人は誰であるのか。ひと声でいいから声を聞かせて下さい、行方を知らせて下さい、という大輔の切ない声を聞くような思いで、くり返しそらんじてみる。

『古今集』恋の歌、

君やこししわれやゆきけん思ほえず夢かうつつか寝てかさめてか

大輔は古歌の心を借りて、思いを述べているのである。大輔の歌に殿方はからんでいないのだろうか。大輔の歌に艶なるものを想像するのは間違いであろうか。仕事一途の大輔と聞くが、理性ばかりであろうか。情操豊かな大輔を想像するのである。

さみだれにぬれぬれ来なくほととぎすむぐらのかどにあまやどりせよ

さみだれに濡れながら来て鳴くほととぎすよ、しばしこの宿で雨やどりをしなさい。

小鳥にそそぐ大輔の暖かなまなざしを感じる。小鳥は弱いもの、いたいけなるものである。大輔は強い意志をもってかばい、力を貸す。その行動力も併せ持つ人なのである。むぐらが絡んだ門に、大輔の質素な生活が窺える。決して華やかな生涯を送る人ではない。しかし実直でその思慮深さは信頼に足るものがある。

姉君の女房としてもう二十年も仕えている大輔に式子も、病いに萎えつつある我が身を預けたい思いにさえなる。

範兼三位が歌合をするについて、歌をそろえてほしい、と大輔に言ってよこした折に、

数ならぬみ山がくれのほととぎす里なれぬねをさのみなけとや

と返している。

ものの数にも入らない山の奥のほととぎす（私）に、人里に鳴き馴れていない声を、それほどにも鳴けとおっしゃるのですか。

と大輔は言う。謙虚な人柄なのである。

「ながめ」の歌

期待に胸はづませて大輔を待つ式子をほほえましく見詰めて、女別当は、

「本当に和歌にご熱心でいらっしゃいますのね。お顔の色のよろしいこと」

と言って、安堵した。

「この斎院でも時々歌会を催しますが、初心の女達が多いので張り合いがございませんね。賀茂社の歌会には、俊成卿や西行という歌人がたまに出席するようですが、斎王さまがおでましになるわけには参りません。古歌を頼りにして、独りで勉強を続けておられるのですもの、その斎王さまの努力には誰も恐れ入るばかりです。繊細なものの見方は天性のものですわ、日ごろから感服しております。そういえば大輔様はたまに賀茂の歌会に出席なさるようです。大輔様の歌は斎王様のお歌とは色合いの違う歌柄ですが、才能のあるお方ですし、研鑽を積まれたその器量にじかに接しなさいますことは、よい勉強になりますことでしょう」

二人は大輔を待った。初夏の陽はもう高くなってはいたが、まだしたたるような木々の緑が爽やかに微風を送っていた。

大輔は、仕える亮子内親王が常に心配していらっしゃることを式子内親王におもむろに告げた。姉君のお見舞いは、例によって精がつくという渡来物の薬品や薬草が幾種類もあった。先に御父君がお見舞いの時持参下さった薬の数々をあらためて思い、肉親の温かさに涙を覚えた。

女別当が斎王に代って押し戴いて礼を述べた。大輔が何度横におなりになって下さいと申しあげても式子は姿勢を正して坐しておられた。大輔は敬愛する姉君のお使いであり、和歌の上では敬意を持って相対する先達なのである。不思議に身も心も、日ごろの虚脱感が消えていた。

大輔は主君に報告せねばならない使命を感ずるのであろう。式子の病状をこまかいところまで尋ねた。その一言一言に、式子も女別当も大輔の誠実な人柄を感じた。又姉君の心尽しを胸の熱くなる思いで受けとめた。

「お目見得できまして思いの外お元気そうで安心致しました」

大輔は率直に感想を述べた。

式子は姉君の日常を尋ね、大輔を介して姉妹はお互いの安否をたしかめあうのであった。

歌友をあちらこちらに持ち、時にはそれらの歌の友を訪れて話しあっている大輔に羨望の眼をむけると、大輔は歌友の有難さをしみじみと式子に語った。

「西行というお方や女別当様の父君の俊成様という方は大切な師として敬っております。その方々の生き方考え方を学ぶことが、和歌を詠み、鑑賞する基本になるものだと思っております。日常のお勤めの中で歌人ではない方達からも学ぶものは多いと思っています。自分の中に日々起る出来事、又世の中の変化に伴って考えねばならないことがあまりにも多くて、頭の中は一ぱいですが、一作一作歌数を重ねていくうちにこれが自分の道かと思い当ることがあります」

式子には示唆に富んだ言葉であった。何気なく詠まれたような大輔の歌に心が惹かれるのは、大輔の奥深い心が包みこまれているからなのだろう。

式子は自分は頑《かた》くなに構えてしまうから苦しくなって、前に進むこともいさぎよく退くことも出来なくなってしまうのだと思う。含みはあっても幅がないのでは、とも思う。

女別当が式子の許しを得て差し出した斎王の歌の草紙を、大輔は押し頂いて目を凝らして見つめ、

「しっかり一字一字をおろそかにせず、認められたご筆跡ですこと」

大輔はまず筆跡についてこう言った。その視線の動きに式子と女別当は緊張していた。

「どのお歌も軽々しく拝読できないほどの重みと充実感に満ちておりますこと」

大輔はこう言ってまた次の歌に目を移した。

「私の歌など軽くて薄くて恥しいものですわ」

とも言った。

「一点に目を凝らしてじっと見詰めていらっしゃる時間が長すぎますので、お身体に障ることと存じます。でもその時の斎王様のお顔は何ものも跳ね返すような迫力があって、それに魔力が加わっ

て、御身を神に守られていらっしゃるような不思議さを感じます」

女別当が式子のご生活の一端を報告した。

式子は、力に満ちた声でお話なさる。この方が微熱でけだるさを訴え、食欲も進まぬ病弱なお方なのかと大輔は首をかしげた。

自分の和歌の力が少しでも斎王にお役にたつのであれば、和歌に注ぐ自らの熱い思いを真剣に語らなければならないと大輔は思う。

ながむれば思ひやるべきかたぞなき春のかぎりの夕暮の空
ふくるまでながむればこそかなしけれ思ひも入れじ山の端の月
ながめやる霞の末は白雲のたなびく山のあけぼのの空

大輔は「ながめ」の言葉の多いのに気がついた。この言葉は単に「眺めやる」という意味の言葉ではない。「ながめ」には詠じる、吟じる、という意味もあるが、この歌のながめは、すべて「もの思いに沈みながら、ぼんやりと視線を外にやる」ながめである。

目の前の作者が、思いわびながら、自ら体を動かすことが出来ず、身を焦がして運命を思い、耐えて視線を外にむけたその状態であると大輔は考えた。考えをどちらに向けても壁に突き当たってしまうのだ。考えるからかなしいのだ。もう思い入れはやめようと思う、式子の心を大輔は考えた。

式子の心を救うものは、あまりにも美しい「春のかぎりの夕暮の空」であり、「山の端の月」、「あけぼのの空」なのである。それがあるから、それに苦しい心をあづけて式子の魂が憩うのである。

式子の思い悩むことは、病弱な我が身の上ではない、今はそれぞれ別の立場にあって、出口のない閉ざされた環境で、運命に傷めつけられているはらからのことである。ご自分にしても、訴えて急場を逃れることの出来ない式子である。訴えてどこに隠れ場所があるのだろう、何に生きる道を託したらよいのであろう。式子は賀茂社の斎院でじっと耐えて過すより外ないのである。

今、病気を理由に、自由な世界を求めて退下しても、心穏やかに過すことの出来る場所があるのだろうか。

「ながめ」の歌に大輔の心は釘づけになってしまった。その式子の苦衷を主君の亮子内親王にどのように報告申上げたらよいのであろう。

御弟・姉・妹そろって不遇でいらっしゃるのは、父君の御覚えの浅いこともあるけれど何よりもしっかりした母君方の後ろ楯のないことなのであろう。そのためかどなたもちょっと気性が弱くいらっしゃって、与えられた世界で黙々と過していらっしゃるのである。

その中で大輔のご主人の亮子内親王は男性のようなご性格で、今は身分のはっきり定まらない以仁王に何かとお心を傷め、お世話をしていらっしゃる。きっと式子様も以仁王のことがご心配なのであろうと大輔は拝察するのである。

「和歌におむかいになるお姿に感嘆するばかりでございます。私などには思い及ばぬほどの深さで、ものをごらんになっていらっしゃいますね」

と、大輔が申上げると、

「環境の違いでございますよ。私はこの賀茂の森から一歩も出ず、同じ森を見続けて九年になります。ここを訪れる人はまれなのです。おのずと無口になり、一点を見つめることが多く、見つめる思いが次第に深くなっていくのです。ですが外界は騒がしく、心を掻きむしられるような情報がしきりにもたらされます。私は和歌に託すより手だてはないのです。けれど、この胸に溢れる思いを心の奥に吸収し、焚き染めて、一首を成すことは難しいことですね」

と、斎王は一息ついて、

「あなたのように歌の友を大勢持ち、勉強し合えることは羨ましいことです。私は行き詰まって息が絶えそうになりますわ」

大輔は深くご同情申し上げる。

「昔村上の帝の皇女で、斎王を長くお勤めになった方がいらっしゃいます」

大輔の言葉に斎王が昔を偲ぶようにおっしゃった。

「選子内親王でいらっしゃいますね」

斎王は頷きながら続けた。

「ええこの斎院で歌会や歌合を開いて、和歌の環境を広げ、都人とも交流をもって活動すれば、私の歌も変ってくるでしょう。健康にもよいかもしれません」

大輔は、だが式子斎王の歌の孤高の世界はどうなるのであろう、とふと思う。

「ご健康にもよろしいことなら、そのようにお進めしたいのですが、斎王様のご性格でもありますから」

と言葉を濁す女別当である。

「いつも思うのですが、柔らかな姿勢で詠む歌に私は時々惹かれます。大輔様のお歌のように、何気なく詠み過ごしてしまいそうな歌の中に大事なことがひそんでいるのですね。その中に私は貴重なものを学ぶことがあります。人の生き方を、その歌の中に見出だして、考えます」

大輔はかしこまってしまった。

斎院に仕える女別当と言い、姉君に仕えるこの大輔という人も、生きるために主家に仕えることになったけれど、そのうちに、主人と共に生きることに意義を深め、主家の運命そのものが我が身の運命となるまでに、心魂をこめている。そして日々の証として和歌を詠む。和歌は単なる趣味ではない。水の流れの如き日常が和歌に詠まれる。じっと耳を澄ますと、その大輔の和歌の中に、姉君のご生活の一部が見えてくるようである。

姉君の今のご心配は以仁王様の去就であろう。

「大輔様のお歌を拝見すれば気がかりな以仁王や亮子姉君のご近況がうかがえると思うのですが、お歌は静かで平穏ですね。不穏な何かがあるに違いない、それを見出だそうと、深読みする傾向が私にはあります。私のその態度は、裏側にある憂慮する事態を見出だそうとする歌の読み方で、度がすぎると邪道になりかねません。もっと素直に読むべきですね。たとえば、

つむ人もなかりしをちのからなづな見えぬにしるし霞たなびく

摘む人もなかった遠方の唐なづなが、今はよく見えないことでわかる。霞がたなびいているのだな。というこの視野の中には、遠方のなづなと霞しかありませんね。自然は平和以外何もありません。四季の推移に理屈はないのです。ありのままを受け止めて、そのまま詠んでいらっしゃる。でも人の世の険しさから逃れて、心を休ませていらっしゃるのではありませんか。大輔様は御姉上にお仕えして、かれこれ十四年とか、私ども兄弟姉妹の決して順風ばかりではない、波風のあった年月を、御姉上を通して、共に歩んでこられました。私は大輔様を御姉とも頼んでいます。うちの女別当と共に、縋《すが》っても切れることも破れることもない強い両袖と思っています。大輔様は決して、険しさをさけていらっしゃるのではない。しばしなづなに憩っていらっしゃるのです。なづな・霞から英気を得て、やがて立ち上って、亮子内親王の許に伺候されるのです。歌風は穏やかでも、力強いお方です。私ども兄弟姉妹は仏神にお仕えして、世の波風をさけて過しております。それは父君のご配慮でもあります。平和に見える社の森の中にいて、私の心が騒ぐのはどうしてでしょう。この森の中からでは真実のものが見えないのではないでしょうか。女という自分がまず見えないのです。人間というものもわからない。右の道がよいのか、左を行くのがよいのかもわからない。神に仕える者として、形式的に、儀式を守るだけで生きていることに不安を感じます。外に出ていって何かを摑みたい、真実の道を探したい。不安の中で朦朧としたものの中に浮んでいるこの現し身が悲しいのです。私の詠む和歌は今の私の心の中を如実に表しています。私のこの歌をご覧になって下さい」

慎重な面持ちになって、斎王は息を整えた。

浮き雲を風にまかする大空の行方も知らぬ果てぞ悲しき

身の内から滲み出るようなお声は、ちょっと暗く感じられるが、そこから紡ぎ出された綾糸はうす闇の中に光を放って、雲となり、果てしない大空に浮遊した。ゆっくり流れる雲を見つめながら人の運命の流れ寄る果てを見極めようとしていらっしゃるのである。その果てを見極めるよすがはないのである。今のお姿だって、仮そめの現し身である。もう一首とおっしゃって、

山深くやがて閉ぢにし松の戸にただ有明の月やもりけむ

と口ずさまれた。

孤高の世界に身を鎮め、松の戸から漏れてくる有明の月の光をじっと見つめて、いらっしゃる。そこから答えは見出だせるのだろうか。月の光だけが守っている松の戸の内で、斎王は、月に身を委ねて時を過すよりほかはないのである。

大輔は知っている。同じ松の戸の内に在って、斎王が、そこにかかる雪の玉水をお詠みになった、新鮮で若々しい感覚のお歌のあることを。

山深み春とも知らぬ松の戸にたえだえかかる雪の玉水

斎王になられた十代初めの頃は、山深い松の戸の内に在っても、明るい未来を信じて、活き活きと眼を輝かせておいでになったのである。そうして、

雪消えてうら珍しき初草のはつかに野べも春めきにけり

都の御所とは違う、神山のご生活にも馴れていかれて、野趣に満ちた日々の、目にとまるすべてのものに愛着を持っておられた。

それなのに今はこの沈着さ。大輔は驚くと共に、長いお勤めの間に、お心を痛められた数々の出来ごとにあらためて考えさせられた。

決して表には出されない感情の凝結のお歌を拝見して、大輔はひそかに涙を呑んだ。

このことをどのように亮子内親王にお伝えしたらよいのであろう。御病いの原因はこの鬱々とした心の御病いからきているのであろうか。大輔は、再度口ずさんでみた。

浮雲の凪にまかする大空の行方も知らぬ果てぞ悲しき

大空に湧き上る雲を見つめる斎王様は、雲に何を托しているのであろうか。雲は無限の夢を孕む。しかし雲は地上に下りてきて、式子の君に話しかけるわけではない。つれない雲よ。夢に終らせないで、その彼方に導いてほしいのに、そしらぬ顔で行き過ぎる。

その雲の象《かたど》るものは、母君か以仁王か病弱な二人の妹君のお顔か。強い父君後白河院のお顔はどのようにゆらめいているのであろう。大輔を女房とする亮子内親王のお顔は陰影もはっきりと頼もしく斎王のお目に映っているにちがいない。

大輔は亮子内親王にお仕えする身として、この病弱な斎王様の御身をお守りする責任があると感ずるのであった。

「大輔様は強いお心とお身を持ち、何ごとも深慮の末になし遂げられるお力がおありでございます。姉君はどんなに頼りにしていらっしゃることでしょう。大輔様の明快な分別はお勤めのうちに培《つちか》われたものと思います。姉君を助けて大輔様は、私達兄弟姉妹のことにまで配慮をして下さっています」

斎王はまだ昏れ残る薄明かりの中で、眼を閉じ頬を紅潮させていらっしゃる。ひと時して眼をお開きになって、

「私の身の回りには、いろいろな難しいことが起こりました。けれど何ひとつとしてそれに向かって自分の判断で動いたことはありません。こうしてここで病いの身を養っていますのも、まわりの人達の配慮です。自分の思慮で動いて、その結果を確かめることもないのです。こうして斎院で九年経ちました。私の和歌が結果的にどのようなものであるか、大輔様、おわかりになりますでしょう。暗い昏迷の中をさまよい、出口がわからなくて、苦しくなり、その中で私の歌は生まれるのです」

大輔は斎王のお心の内を拝察した。御病いはその沈澱の結果であろう。大輔はお膝の上に固く重ねられた斎王のお手をとった。その冷たさがゆるむようにと両手で包んだ。斎王はほほえまれて、

「大輔様は難事をよく見極め、解決していらっしゃるので、後に残る心の負担がないか、少ないのです。わだかまりは減り、その分、安らかに心を落着けて歌をお詠みになっているのです。お歌をみれば、そのことがよくよくわかります。大輔様のお歌は心暖かく安らかな世界に誘ってくれます。

私にはとうていたどり着くことのない歌の世界だと思います」

斎王は続けて、

「心をおおう重圧を払いのける才知と行動は、表に出すことによって己れを見つめ直す効き目を持ってくるものだと思います。それを試すことの出来ない私はそれらが内にこもって、紡ぎ出される歌は暗く淀んでしまうのです」

斎王はその世界からなんとかして抜け出て明快な境地に住みたいと望んでいらっしゃるのだろうか。

「斎王様のお歌の世界は深く清明な境地と拝察致します。この聖域から一歩も出ることがなく、特定の人としか交流がありません。自由な発言をなさることもありません。けれどその分、深く掘り下げ、澄んだご心境のお歌は常人の真似ることの出来ない貴重なお歌でございます。お苦しいこともございましょう」

斎王は淋しくほほえまれた。

「身の衰えが、心まで蝕《むしば》んでくるように思います。身も心も健康になりたいと思います。明るく澄んだ大らかな歌の世界に辿りつきたいと望んでいます。姉君のように、活発な人間になれましたら歌も変ってくるのでしょう」

そして、

「私には無理な要求かもしれません」

と、大輔を見詰めてつぶやくようにおっしゃった。

斎院を退下なさって、お心をお休めになった方がよろしいのでは、と大輔は思ったが言葉を押し殺した。自分のような者が申し出ることではないと気づいたのである。

「亮子内親王様に斎王様のお歌をお見せしたく存じます。私が印をつけましたこのお歌の数々をご清書をお願いしたく存じますがいかがでしょう」

とお許しを請うと、斎王はこころよく頷かれて、

「私のお手紙の代りです。姉君によろしくお伝えください」

とおっしゃった。

女別当が式子の草紙を頂いて、別室に下った。

蛍

女別当が慎んで、斎王のお歌を清書し終えた時は、陽が山の端に沈んで、余光が稜線をくっきりと映し出していた。草木の影が、地に落ち、緑がいっそう濃く感じられた。視線を庭に移すと、その余光の美しさは、輝きを際だたせて、命を燃して伸びようとする木々を持ち上げているように力強く見えた。

大輔が斎王の和歌の包みを捧げ持って退下する時、あたりはすでに秉燭《へいしょく》となっていた。

大輔の一行を先導する松明《たいまつ》が樹木の間を縫って明滅し、ゆるやかに降って右方の闇に隠れるまで

斎王は見送った。

斎王はふと、小さな青い光が動いたのを、みとめた。

あれは蛍か。小さな光だがこの我が身の行き先に、光を探し求めて導いてくれる尊いもののように、心にとめて、ご覧になった。そしてそうであるようにひたすら願っておられた。

六　露けき袖

仁和寺の守覚の修行

仁和寺の守覚は、思慮深い姉君式子が、さほど遠くない賀茂社の紫野に居られるので、心の和らぎを覚えていたがお会いすることは許されぬことだった。斎院内では、「仏」ということばも「僧」という声も忌詞であったから、まして髪短き姿の人が賢木・注連《しめ》に囲まれた神域に入ることは許されぬことだった。

しかしその姉君が斎王を退下され、都に帰ってしまわれたので、当座は一人取り残された淋しさをつくづく味わっておられた。

守覚の仁和寺の修行はもう十三年に及び、今は仁和寺の検校となり、親王の宣旨も下されて御室と崇められている。いつまでも少年のような感傷に浸っているわけにはいかなかった。

仁和寺に於ては師であり、父上とも仰いだ五世覚性法親王が遷化されてから、守覚は、いつも身のまわりに寒い風が吹き過ぎていくような空虚さを覚えるようになった。どこにいても冷たい空気

守覚法親王（『平家物語図絵』下・巻之七）

御室仁和寺（『都名所図絵』巻之六）

に囲まれて、席はあたたまらず、落着いて経をよむことも、学問をすることも出来なくなってしまった。

経典を唱え続けることで、雑念を払いのけようとしても、いつか声が途絶えて、これからの不安が胸に迫ってきてしまう。

守覚は経典を閉じて庭に下り立った。寒気がいっそう土を乾燥させていて、歩くと土埃が足許を汚した。毎朝掃き清めるのだが、箒めがすっかり乱れている。一雨おしめりがほしいところである。松の緑もさえない。荒い風ではないが風は松の葉にかかった砂埃を散らして、僧衣にかかってくる。守覚はふっと足許の緑に目をとめた。

何の草であろう。枯草に包まれて、緑の芽が出ているのである。ああ、これはあの薄紫の可憐な小さな花を咲かせる草にちがいない。守覚はかがんで、掌にうけた。どこにつぼみがあるのか、まだわからない。草は今、つぼみをつける準備をしているのだ。

太陽の恵みも薄い土に芽ばえて、ひとりけなげに生きているいたいけな草の芽に、守覚はふと己れの身の上を思った。自分はこの草と同じだと思う。一人で生きていかねばならぬ運命なのだと思う。草でも季節を待てば、太陽の恵みを受けて栄えることが出来るのだ。

守覚は太い松の幹を見上げて、この松とも頼む師の覚性法親王であったと思い、自分は松の下で、修行を積み、やがて大木となるのだと、希望が湧き上がってくるような気がした。

やはり学問に努め、修行に精を出さねばならぬ、と勇気づけられて、守覚は堂に戻った。

守覚はある時、師に自分の志を語ったことがある。守覚は孔雀明王に魅せられていたのである。今、また、お堂に掛けられた絵の孔雀明王に見入った。この明王の妖しい美しさよ。

柔和な細い眼の奥に孔雀経法の呪術の力が満ちているという。怪しげな眼光はその呪術の元から発しているのか、守覚は射すくめられて恐ろしくなる。しかし逃げていく所はもうないのだと思う。その瞳に深く見入っていると大きな呪力が我身に入ってくるように思える。明王の力にすくむことなく、真をもってお願いすれば、その呪法を授けて下さると思う。その思いで見つめると、明王はぐっと我が身に近くなり、優しく語りかけて下さるような気がする。

心を澄ませて念ずるがよい。修行に励めよ、と明王は諭《さと》して下さっているようだ。お前のいる所はこの私の前にしかない、とおっしゃって我身をぐっと引き寄せて下さるような気がする。呪法はきっと授けて下さる、と守覚は自信を持った。

以前にもこのような経験があって、守覚は覚性法親王に生意気にも申上げてしまったことがある。師は優しく守覚を見つめて、

「そのくらいの意気込みをもって、修行に励みなさい。しかし仏の力はそう簡単に授かるものではない。一生かかっても受けられないものなのです。真摯な心で励むことです。達せられなくても、それが普通なのです。」

とおっしゃった。

しかし少年僧の守覚は、その呪術を授かって、その力で、我が身のまわりに起る不幸の数々を払

いのけることが出来るのだと思った。

その時守覚の脳裡に浮んだお顔は父君後白河院であった。呪法を唱え、明王のお力を借りて、父君のお役に立てる、きっと、と信じたのである。姉君式子の御病いも治してさしあげられる。不運に沈み勝ちな母君の笑顔にもおめにかかれる。そう思って心が軽くなり、一点の光が我が行く道の先に見えてきたのである。

今、守覚は、覚性法親王がおっしゃったようにそう簡単に道が展けてくるとは思っていない。しかし呪法はきっとこの混迷な周りを救って下さる、と信じたい。それを今の我が道として究めたい。その目標を得たことで、益々この仁和寺に勤める意味を深めた。

孔雀明王は、蓮の台座に坐し、孔雀に胡坐して、守覚を見つめていらっしゃる。

本当に孔雀は毒蛇も呑みこんでその毒を消してしまうのだろうか。そればかりではない。人間の心の中に起る不当に物を欲しがる欲をも消して下さるというのだ。また怒ること（それを瞋《しん》というのだそうである。）も止めさせて下さるし、おろかにも色情におぼれて理性を失う痴の心も直して下さるとのことである。

覚性法親王は守覚がまだ幼くて、そのようなことが全くわからない時から孔雀明王の経法を唱えるようにお説きになった。

守覚は人間の心に起る欲が悪をもたらすもので、孔雀明王はその欲を悪に走らぬように抑えて下さるのだとおっしゃった師の言葉を信じて、明王にひたすら頼るのである。

祭壇に掲げられた絵像は中国の技法で色鮮やかである。豪華な冠・耳飾り、瓔珞《ようらく》の珠の光に、御身は光り輝いて蓮花に胡坐《あぐら》する明王様を、孔雀は美麗な羽を拡げて誇らしげに持ち上げている。この仁和寺の孔雀明王は類いまれな三面六臂である。

明王のお目が、孔雀の目と同じである。じっと見入っているとそのお目の中に引きずりこまれていくようである。うっすらと笑みをお浮べになって、明王を信ずる守覚に力をわけ与えると約束して下さっているようにみえた。

守覚と和歌

覚性法親王が生前守覚に薦めた道がもう一つある。それは和歌である。

「将来のために和歌を修めることは大切なことです。あなたは後白河院の皇子です。貴いお生まれで僧になり、今は修行中でいらっしゃるけれど、いづれこの仁和寺を背負って立たれるお方です。和歌も修められて、いっそうお励みになれば貫祿もますます備わり、信頼は厚くなるでしょう。心配することはありません。父君の御子です。素質は充分おありです。和歌は強さと優美を皇子に約束してくれますよ。それは僧としてあるべき姿です」

師がおっしゃるとおり守覚の和歌への執着は強い。母君のご出身である閑院流には歌人が多いのである。何よりも心強いのは姉君式子である。守覚は式子のお歌に傾倒している。

しかし姉君のお歌の世界は、全く自分の歌の世界とは違う、と守覚はお悟りになっていた。

現実はどこまでも現実で、目の高さで見つめる守覚は、姉君のようにその世界を高揚させて独得の崇高な世界を作り上げることは、とうてい出来ないことだと思う。姉君の歌は憧れであり、目標であるとして、自分はうつむいて見つめ、捉えて、足許の世界を詠むことだと思う。それが己れにふさわしい歌だと思うのだ。

細ぼそと聞こえてくる筧《かけい》の水の音に誘われて、守覚は足をそこにむけた。ここ大内山の麓は、寂として静まり返っている。水が岩肌を洗いながら流れる音が囁くように優しい。

　岩そそぐ水よりほかに音せねばこころひとつをすましてぞきく

守覚は、淋しさは深いものなのに、十分表現できないのをはがゆく思う。三十一文字の中に、思いをこめてまとめるのは難しいものである。

この仁和寺の草創の帝、光孝天皇がまだ帝位におつきにならない時のお歌に、

　君がため春の野にいでて若菜つむわが衣手に雪はふりつつ

がある。

なんとこのお歌の心の清純で美しいことだろう。このお歌は、『古今和歌集』巻第一春歌上に収められている。なんの屈折もなくわかりやすく、優しいお心のこもったお歌である。そしてまた色彩の美しさも鑑賞する人の心に留まる。若菜の緑と雪の白。そして若菜を摘む皇子の衣が雪に映える美しさ。

守覚は自分の和歌の色彩の乏しさに気づいておられる。

色彩がないのは、心の冷たさを表わしているのではないか。感激はあるのに白けた表現になってしまうのである。考え直してみても、悟りの境地というものでは決してない。

現実を諦め、将来に希望が持てなくなって簡単に世を捨ててしまった守覚ではない。身内には火が点っていて、その炎が出口を求めているのだ。

もともと肉親を思う心が薄いのであろうか。しかしただひたすらに修行に励む日々は肉親を心の中から遠ざけてしまうのである。

むぐらはふしづのふせやの夕けむりはれぬおもひによそへてぞみる

守覚は自分のこの歌をくり返し口ずさみながら、なぜこうも沈滞の気分に沈んでしまったのであろう、と若さのないのが我ながら気がかりである。

同じ若さで、一歳年上の姉君式子のお歌の心の迷いは、濁りを知らぬ清純な心の追求である。現世とのつながりの乏しい故に、そして特殊な環境ゆえに、一歩踏み出せないもどかしさが出口を求めて、時にほとばしり出るのが式子のお歌なのである。

斎王退下後も姉君式子のお歌の傾向は変わらないであろう。病弱のせいもあるが、静的で一点を見つめる凝視型である。姉君に若さを感じるのは、そのお歌の色彩的であることと、人間の悩みを訴える迫力である。

水暗き岩間にまよふ夏虫のともしけちても夜を明かすかな

豊かな姉君の感性に、守覚は引きこまれてしまう。岩間に迷う夏虫に、どのような幻想の世界を見ておいでになるのであろうか。夏虫――蛍は君を導いて幽界に誘っているのであろうか。いやこれは幽界ではない。虫の明りに輝きを見つめ、美しい現世の光を求めていらっしゃるのである。灯しを消して暗闇の中を、虫と共に夜を明かす式子は、多分夢に浸っておられるのであろう。姉君は決して迷ってはおられない。安定した美の世界を持っておられる。

涼しやと風の便りを尋ぬれば茂みになびく野べのさゆり葉

仁和寺の野に続く紫野で斎王を勤めた式子は、季節季節の姿をしっかり捉えておいでになった。風の肌ざわりでどこにどの花が咲いているのかおわかりになった。

賀茂社のご神燈に守られて、お心の休むこともあられたと思うが、退下後はどのようなご生活になるのであろう。お住居の三条の御所の近くには、母君がお住まいになっていらっしゃる。吉田経房がご後見申し上げることになっているそうである。

日に千たび心は谷に投げ果ててあるにもあらず過ぐる我が身は

姉君はこの世に絶望して、このようにお詠みになっている。斎王を退下して、母君のおいでになる都へお帰りになっても、活路がそう簡単に身の前に見えてくるものでもないのに生きているともいないともつかずに過ごしているとは、守覚は姉君をおいたわしいと思う。

盃に春の涙ぞ注ぎけるむかしに似たる旅のまとゐに

盃に春の涙を注いだという古い詩に似た思いのお歌をこの後も拝見したい。浮き世にお帰りになったからには、現世の苦も噛みしめた上で、若く美しい涙を流して頂きたいと思う。そうして心の御病いを忘れて下さいと祈るのである。

守覚は姉君式子の冬の歌に目を通した。

冬の夜は木の葉がくれもなき月の俄《にはか》にくもる初時雨かな

守覚は自分もこの仁和寺で、木の葉がくれもなく澄みきった空の月を見ている姿を式子のそれと重ね合せた。月を間にして二人は向き合っている。やがて、さらさらと音がして、時雨に気づく。感慨深く、音楽の響きを聞くように時雨を聞く。孤独ではないと、守覚は己れを慰める。姉君式子と共に在るのである。

さらでだに思ひの絶えぬ冬の夜の松風ふけぬ霰乱れて

親とも慕っていた師覚性法総寺務の入滅後、身辺を吹き抜けていく風の荒々しさに、ふと身を縮めて、人肌の温みを欲する守覚である。その同じ孤独の身の置き所のない寂寥を姉君はどのように耐えておられるのであろう。しかし姉君は寂莫たる風そのものを友として親しみ、そしていたわられていらっしゃる。冬の風と語り合う言葉を持っていらっしゃるのである。だから、ともすれば暗くなりがちな冬のお歌にも暖かみがあるのである。

守覚は前から気にしているのだが、次のような式子のお歌がある。

沖深み釣する蜑《あま》の漁火《いさりび》のほのかに見えて思ひ初めてし

このお歌は「恋」の題詠であろうか。「沖の深いところで釣をする漁夫の漁火のようにほのかに」が印象的である。美しい情景を、式子の感性が捉えたその純正な心情が守覚の心を打つのである。

このようなお歌があるので事実の有無は別として、姉君は孤独ではない。姉君の胸のうちに火を点してくれる人がいるのだと信じたいのである。

思ふより見しより胸に焚く恋をけふうちつけに燃ゆるとや知る

このような衝撃的なお歌に接すると守覚はどきりとしてしまう。本当に姉君のお歌なのであろうか。

俄かに燃えあがる恋の炎をうちつけに歌に詠むということは決して出来そうにない姉君は、題詠だからこのように詠めるのであろうか。

我が袖のぬるるばかりは包みしに末摘花はいかさまにせむ

賀茂社には勅使として都の貴公子が参拝なさる。その中のお一人に式子の君のお目がとまったのであろうか。涙をぬぐう袖の濡れるのは包みかくすことは出来たけれど、末摘花の紅色のように顔色に出てしまったならばどうしよう、とおっしゃる式子の羞じらいを守覚はほほえましく思う。しかしこれとても式子自身の実態とは思われない。題詠であろう。

『古今集』恋に「人知れず思へば苦し紅の末摘花の色にいでなむ」がある。

「ほら『古今集』に、『末摘花の色にいでなむ』があるでしょう。だから『末摘花はいかさまにせむ』と詠んだのですわ。多分きっとこういうことなのだと思いますよ。あなたはどう思われますか」

もし守覚が尋ねたら、姉君は、こう言って逃げておしまいになるだろう。

私もそう思う、と守覚は、法燈のきびしさに身を縮めた経験を思い出す。しかし仏門の戒律を守覚は潔《いさぎよ》いと思うようになった。規律がなければ、どこまで堕ちていくかわからないのが生身の人間ではないのか。仏門の厳しさに身が引き締まり、修行に励むのを清《す》が清《す》がしく思うのである。有難いことだと思う。斎院に在って、姉君もきっとそうであったにちがいない。このようなこと、人間社会のことを、姉君と突込んで話し合える日が、いつかくるのだろうか。

　黄昏の荻の葉風にこのごろのとはぬ習ひをうち忘れつつ

葉風の音にふと人の訪れではないかと、胸の騒ぐことは、守覚もわかる。このような歌の方が姉君らしいと思う。式子の場合、恋人ではないかもしれない。このごろは訪ねてくれることもない人は、恋人ではない方が式子の心は安まるのではないだろうか。心おきなく何でも話せる恋人ではないが、恋人のように慕わしい人を式子は思い出したに違いない。

　十年間の斎院生活に在っても完全に人間社会から抜けきれなかった姉君のことを考えながら、守覚は庭を歩きつづけた。誰よりももっと奥深い自然に関わって生きてこられたと思っていたのに、もっとも人間らしい生き方にこだわっておられるのかと、守覚はあらためて考えた。

　冬空の下になだらかに裾を拡げる宇多天皇の御陵は鎮まりかえって後方に見える。御陵は四季折々に色彩を変えて、いつも落着いている。こうして参拝する人の心が落ち着くのは、御霊が安心してお休みになって、おだやかな微風を送って下さっているからであろうか。

　南には光孝天皇の鎮まりいます御陵も見える。

　仁和寺は、真言宗御室派の大本山である。守覚が学んだ仁和寺の歴史によれば、先に述べたあの

「若菜摘む」の和歌をお詠みになった光孝天皇が仁和のはじめに、山城国葛野郡小松郷大内山の麓に伽藍草創の工事をお起しになったが、造営成らぬうちに崩御された。即位された宇多天皇がただちに工事を急がせられ、仁和四年（八八八）に堂塔・僧房ことごとく成った。落慶供養とともに先帝の周忌の御斎会が行われた。その後、境内に御堂を創建してここにお遷りになり法務の御所となさった。これから御室御所の名が起った。宇多法皇はここに崩御されたのである。皇子の敦実親王は入寺されて仁和寺宮と号された。ついで朱雀天皇もご落飾の後遷御された。このようにその後も皇子皇孫が相ついで入寺された。守覚の師事する五世覚性法親王は父君後白河院の弟君でいらっしゃることは先に述べた。

明け方に降った薄雪が陽にきらめている。木々は落葉しつくして骨組ばかりになった庭園は寒々としている。

別に努力したわけではないけれど、運命がそうさせたのか、生来そうした性質であったのか、守覚は街人の集まる賑わいを好まない。法事などで麓の都に出かけても心が落ち着かず、早々にこの山門に帰ってきてしまう。ふり返ると、都の甍が麓に連なって眺められる。そこには人の数々が肩を寄せ合って暮している。人間は誰も弱く淋しいのだ。いとう都だって地続きの麓ではないか。己れは本当に孤独に耐えて、もっと山奥の小さな家に一人でも住めるほど修行を積んだというのか。ここで難を逃れている気弱な青年僧の一人に過ぎないのではないか。

　のがれこし山路はるかに眺むればいとふ都はふもとなりけり

と、述懐を守覚は詠んだ。

思ひ出でのあらば心もとまりなんいとひやすきはうき世なりけり

満六歳で両親の許を離れて入山した守覚に心にしみこむほどの都の思い出はなく、朝夕の厳しい修行の間にその都への思いもほとんど消えた。浮き世の執着はもうない。淡々とこの山に身を置いて、修行だけが我が務めと思うまでになった。

なにごとも夢になりゆくいにしへのおもかげ残るあけぐれの空

この姉君のお歌のように何ごとも儚い夢と思って諦めようと守覚は思う。紫野で憂き世を離れて一人でお暮らしになるのがおつらいと思われるほど、姉君が弱いお方とは思えない。お病いの身をいたわりながら神事に従事されていたことがそれほど困難であったとは思えない。だとすれば姉君はもともと憂き世の人であったのか。都人から離れることが出来ないお人であったのだろうか。

姉君のお歌からうかがえるあのお悩みは、現世の人の熱いお心の持主であったからなのだとすれば、十年間の紫野のご生活を退下して、都にお帰りになるのは当然と思われる。姉君は我とは違うお考えのお人なのだと、守覚は考えこんでしまった。

忘れてはうちなげかるる夕べかな我れのみ知りて過ぐる月日を

私の恋は、相手の人は知らず、自分だけ思うのみで過ぎていき、なげくのみなのだが、夕方になると寂しさに、そのことを忘れて、いっそう歎くことよ。

とお詠みになる姉君がこれ以上紫野においでになることはおできになれなかったであろう。現世に悩みを多くお持ちになる方なのである。

守覚は夕方の梵鐘の音に、心を鎮めて、勤行に静かに赴く境地に到りついていた。この心の落着きを有難く思っている。

読経に明け暮れ、学を修め、行を勤める日々が潔《いさぎよ》い己れの道として悔いはない。跡を絶って憂き世を逃れる道は、これであったのだ、よくよく見れば岩さえ苔の衣を着ているではないかと、足許の岩肌を守覚は見つめた。


あとたえて世をのがるべき道なれや岩さへこけの衣きてけり

と詠んだ。そして、

あけがたのねざめの床はうつつにてうき世を夢と思ひしりぬる

と、つくづく考える守覚であった。

明け方、寝ざめの床の上だけが現実の世界であって、その夕はもう情勢が変わってしまうはかない夢のような浮き世であることよ、と思い知ったことだ。

ここ仁和寺を己れの現実の世界と受けとめて、何が起るかわからない都の人間社会と向き合って生きていくことは意味がある。姉君式子は現実は都の暮しの中にあると思って紫野をお出になったのであろうか。しかし人間社会の混濁こそ、憂き世であると悟って再び山にお帰りになるのも道かもしれない。しかし、憂き世から受ける衝撃の軽いことを姉君のために願ってやまない。守覚は青年僧として何度も都人の醜い様を見た。純粋な修行僧には耐えられないほどの痛手であった。身内に関わる事件もあって、これこそ夢であってくれればよいと幾度願ったことか。

椿の緑が色増してこれこそ生きている証の如く活き活きとしている。おやもう二、三輪咲いている、とそばに寄ってごらんになる。つぼみがたくさんついていて、ふくらんだ薄みどりの光がほのかに赤い。まるで幼子の唇のように、これこそ現実ではないか。うつつの花は、ひっそりと潔ぎよく、こうして花開くものなのだとつくづく思われる。

守覚法親王宣下

明けて嘉応二年（一一七〇）守覚満二十歳にしてようやく親王宣下があった。閏四月二十八日、森の緑が深くなり、ほととぎすの鳴く音に耳を傾けて、風流人が歌を詠む季節である。天皇は高倉天皇九歳、後白河法皇は東大寺に受戒された。平滋子は昨年、院号をこうむって建春門院と申し上げる。

守覚は自分の親王については、忘れていたわけではないが、こだわりをもう持ってはいなかった。自分は執念を捨て、たとえ表面だけであっても世が平和であることは嬉しいことだと思うようになっていた。仏教徒としてただ修行し学問するのみの守覚である。ご姉弟妹、閑院流の親族から丁重なお祝いの言葉を受けた。やっぱり親王宣下はおろそかには出来ない重要な問題であったのだと思い知らされた。

建春門院所生の憲仁親王が即位し、天皇としてご立派であれば、それでよいではないかと、世の中すべてが丸く納まることを望んでいる守覚である。仏教徒として謙虚に生き、その道に専念する守覚には、今まで「親王」は重い問題ではなかった。だが守覚は今、親王の重みを感じていた。

守覚の異母弟憲仁に親王宣下があったのは憲仁満四歳の時であった。十歳も年下の異母弟である。それを知った時の衝撃はかくす術もないほど大きかった。この理不尽がどこからくるのかと聞く耳を疑った。だが今は仏教徒が自分には一番ふさわしいと思って疑わない。だが周囲は親王の問題に関してかしましかった。

今は、雑念をはさまずひたすら勤行に務める守覚親王であるが、親王の宣下があってから、親王の重味を受けて、あれこれと思いが巡るようになった。そして父君後白河天皇のことを考える時間が多くなった。ふと気が付くとまた考えているのであった。

六歳にして父君とお別れして十四年経つ。その間長時間おめにかかって、しみじみとお話をしたことはない。父君のことで記憶に留めることはほとんどない。しかしこの仁和寺に父君が御幸になったことが二度あって、その時のことを守覚は忘れない。

守覚が入寺して三年目の平治元年（一一五九）の乱の時、信頼にはかられ、父君は御書所《ごしょどころ》へ押込められた。ようやく脱出して頼られたのが、皇子のいる仁和寺であった。ここは戦火の及ばぬ安全な寺であった。忘れもしない、十二月九日のことであった。父君が仁和寺に逃れてこられ、御座所にお坐りになっているお姿をお見かけした時、どうしてこのようなことになるのか、九歳の守覚には理解出来なかった。父君が大変な苦境に立っておられることが胸にこたえた。このような時幼いといえどもこの身がしっかりして、父君にご心配をかけてはいけないと懸命に、御堂で読経をしていた。

読経を終えて守覚が、庭をへだてたご座所に目をやると、父君は皇子をご覧になって深くうなずかれた。守覚は、自分は大丈夫ですよ、父上、と心の中で呟いていた。それよりも早く父上が無事で御所にお帰りになれますようにと真剣にお祈りした。

翌年平治の乱はおさまったが、父君の安心なさる世ではなかった。父君のご心配の種子は絶えなかった。その翌年の二月十七日守覚は仁和寺北院に出家した。御年十一歳であった。

この時父君の御幸があった。樹木が潤って、先の希望が感ぜられるような明るい表情の守覚に、父君は安心され、頼もしそうに皇子をお見つめになっていた。そのお姿に守覚もおこたえするように父君のお目をみつめた。

慈愛のこもった熱いあの時の父君の視線は、守覚の脳裡から離れない。

守覚は父君について考えることがあった。

父君後白河法皇は人ぞ知る「今様」の第一人者であり、自らも歌唱なさる。その音声の豊かさには誰も感嘆する。幼い時に母君待賢門院から手ほどきを受け、今に及ぶ執念に驚かぬ者はいない。御身は今様の化身である。そのことを思えば、父君に疑念をはさむ余地もないが、父君が即位されたのは満二十八歳の時であった。二十八歳まで父君は時には夜を徹して今様に凝っておられた。その父君を称して人々は暗愚の宮と、半ば嘲って陰口をした。

待賢門院所生の父君がこうであったから、対抗する美福門院は、父君に皇位が承け継がれることはないと安心しておられたに違いない。

守覚は考える。父君は本当に即位を考えてはおられなかったのであろうか。純粋に「今様」だけに凝っておられたのか。「今様」は隠れ蓑であったのではないか。遊芸の皇子が即位後は政治に執念を燃して、退位後もしつこく政治に関わられた。これは恐いお方である。だが良い方向に政治は進まなかった。幾度も壁に突きあたり、ご自分の傷も大きかった。でも弱音を吐かなかった父君、遊芸の士は、あまりにも現実的な生ま生ましい浮き世に疲れておしまいになった。そして出家して東大寺に戒をお受けになった。

父君の皇子でありながら、遊芸の道にふけることがなく、お子もなく、守覚はひたすら仁和寺に仕えている。

守覚はこのごろよく思うことなのだが、弟君の以仁王がどうして出家をやめて還俗し、元服の儀を行ったのであろうか。以仁王の出家の志はどの程度であったのだろう。王には妻があり、幼いお子まである。学問もなさるが諸芸に秀でてもおられる。詩を吟じ、笛は「蝉折れ」という名器をお持ちで、鳴らす笛の音は、他に比べるものがないと言われるほどである。

守覚は、以仁王が遊芸の士であること、すでに妃とお子をお持ちのこと等、すべて己れと違うことに思い至る時、ふと父君の面影がよぎるのを遮ることが出来ない。口を蔽って、あたりを見廻すほど、忌まわしい想像をする己れに嫌悪を覚える。

だがと、その想像は守覚から離れない。以仁王は何でも出来る可能性を秘めた方である。姉君式子も言っておられた。名器から奏でられる繊細な音色は、王の姿をいっそう優美に浮き上らせる。惚れ惚れとするほどです、とのことであった。詩の朗詠の時もそのようにお見受けしたとのことであった。

妃をお持ちになっていて、お子もいらっしゃる。世を逃れて仏門におられる方ではない。すべて現世的な方である。守覚とは違うお方なのである。

今様の遊芸に凝る父君後白河院に、誰しも即位の志があるとは、考え及ばなかったであろう。その憶測が当っているかどうか、守覚にはわからない。だが父君は、今様に注いだ情熱に負けないほど、政治に執念された。以仁王もやはり……。

以仁王の体格は堂々としていて、優美さが漂う。その姿で笛をお吹きになり、余韻が、いっそう雰囲気を誘う。心を寄せない女人がいるだろうか。男の自分でさえ惚れ惚れとする。表舞台に立つ方だと守覚は思う。

その時、今様を朗唱する父君と以仁王の姿が、重なって見えた。

帝王の相があると以仁王を観じた少納言宗綱の言葉に、浮き立った人が幾人いることだろう。北家に対抗する閑院流の切なる願いはあるだろう。だが今様を唱えながら自然に目に見えてきた帝位に何の抵抗もなくお即きになった根気のある父君と機を逸してはならぬと焦る以仁王との差は大きい。この観じ方は守覚の大きな秘密である。父君に対して恐れを抱き愛を感じるからである。

以仁王の前に前途を憂うる守覚は、王の華々しさに比べて我が身に卑屈を感ずるのではない。この仏門の道が一番己れにふさわしいと思っているのである。世の矛盾のよって来たる因縁を仏の力を借りて明らかにしようと思う求道心が強いのである。

かえ憂き衣

後白河院の后、平滋子建春門院は守覚を猶子とした。

守覚は仁和寺の厳しい修行僧である。修行を積むこと以外に他念がないこの守覚に建春門院は、気を許して頼む思いがあった。姪の徳子の入内祈願には守覚が頼まれて、孔雀明王の経法を呪した。願いが叶って徳子は入内した。

その後は徳子に皇子誕生を祈願して、たびたび守覚を招いた。

守覚が僧として呪法の儀式を懇ろに行ったことに女院は感激したのである。

もともと現天皇は平家という地盤のまだしっかり固まらない後盾だけである。明日をも知れない不穏な情勢の中で、後見の弱いのは心配なことである。守覚ならと女院は信頼して、守覚を身元に引き寄せたのである。

守覚は、信頼されて、経法を誦しつつ活躍する忙しさであった。がその一家兄弟姉妹の日常は安定せず不安な日々であった。その中、末の妹の休子が十五歳の若さで急逝した。嘉応三年（一一七一）三月一日、春のさなかに去ったのである。

春の色のかへうき衣脱ぎ捨てて昔にもあらぬ袖ぞ露けき

と式子は詠んだ。かえるのはつらい春の色の衣を脱いで、喪服を着ることになったが、その袖が涙で濡れて、かつてなかったほど袖は湿ることであるよ。

晩春の風は身をけだるくした。病のためばかりではない。一家の運命の展けない暗鬱が心をむしばんで沈みがちな式子であった。

七　雲井のさくら

二条院讃岐

斎王式子は、神聖な賀茂社の紫野の森に守られて、汚れることなく、美しい物は純粋に美しく見ることのできる清浄な日々であった。

幾度めの祭だったろうか、祭の前夜の御阿礼《みあれ》の闇の中で、供の女房のひとりが、二条院讃岐という方の歌のことをしみじみと申したことがあった。しじまの中で聞いたそのひと言ひと言は星のきらめきのように、式子の胸に残った。

その内侍は後日式子の請いによって、集めていた讃岐の歌の草紙を、式子に差し上げた。

草紙の中の天皇と讃岐との贈答のお歌を口ずさんでいると式子はおのずと笑みが浮んでくる。それは後のちまで変らなかった。

二条天皇のお歌を拝見すると、こんなに優しい殿方が他におられるであろうかと憧れるほど円満なご性格が拝されて、御異母兄であることに気づきはっとする。讃岐は側近の女房なるが故に近侍して、帝とかくも親愛な歌の贈答が出来たのだと思い、あらためて我身の窮屈な立場を痛感する式子であった。

月の美しい夜、一晩中南殿の花をご覧になって、その暁ちかくになって私が里に帰って、次の日たてまつった歌。

花ならず月も見おきし雲のうへに心ばかりはいでずとをしれ

御かへし

いでしより空にしりにき花の色も月も心にいれぬ君とは

帝と共に花ばかりか月もとくと眺めた宮中に今も心は残っていて、帝を偲《しの》んでおります。里に帰っても、心だけは退出しなかったと思し召して下さい。

帝をお慕いする気持を訴える讃岐の情熱が、春爛漫の月夜の奥深い匂いに包まれて、帝のもとに届けられた。帝は讃岐が側にいないので、身の置き場もないくらいに淋しい。私の心は今も帝のそばにおりますと讃岐が言っても、それは空ごとだよ。退出した上は、花の色も月の光も、いや私をも心に入れぬ人だとわかったよ。

若い帝はすねて、讃岐の言葉じりを捉えて、やりこめていらっしゃる。

讃岐は帝より二歳ほど年上である。日ごろからお側にいて何かにつけて、こまごまとお世話をしてあげているので、帝は安心して讃岐を頼っていらっしゃるのであろう。

二条の帝は孤独な境遇でいらっしゃった。御母は摂政師実の三男、大納言経実の娘懿子《よしこ》で左大臣源有仁の猶子として式子の父君後白河院の妃となった。康治二年（一一四三）、第一皇子守仁が生れた後、妃は疱瘡にかかって旬日にして薨じてしまわれた。帝は後見の弱い方でいらっしゃる。しかし味方と頼む方があった。そのお方は鳥羽院の寵妃であり、病弱な近衛帝の御母美福門院であった。有力な美福門院の後楯を得て、父帝後白河のあとをうけて、天皇の地位についたのである。その美福門院は今は亡き人であったが、女院所生の妹子内親王を中宮にしていらっしゃるのである。

中宮姝子内親王は帝より二歳年長でいらっしゃる。お二人は打ちとけてお過しになることはあまりなかったようである。帝は父君後白河院とはいつしかご意見が合わなくなっていった。厳しい天皇の地位にあって、気を許してくつろげるのは、讃岐の前だけであったのかもしれない。

讃岐の姿が見えないと、帝は母親を探す幼児のように落着かない。ある時讃岐は心ならずも里に帰り、お歌を帝に参らせた。花ざかりのころであった。

あかずして雲井の花に目離《か》るれば心そらなる春の夕ぐれ

御製

いつとても雲井の桜なかりせば心そらなることはあらじな

讃岐は心ならずも所用で里に帰り、宮中の花を心ゆくまで見ないで出てきたので、心もうつろでございます、と申上げた。実は帝とご一緒にもっと桜を見とうございますのに、とその心をこめて、歌に託して申し上げたのだ。帝はその心をご存知なのに、帝を独りにして、讃岐は本当に心ない女房だと、またすねておしまいになる。

今は花ざかりだから里居が落着かないと言うのか、それならばもし宮中に桜がなかったならば幾日退出していても平気だと言うのか、と切り返された。

帝のこの訴えに讃岐はひそかに涙したことであろう。讃岐にとって帝は世界で唯一人のお慕いする殿方であり、帝にとって讃岐の心づかいは優しい母であり姉妹のいたわりであった。主従の関係の厳しさの中だけに、純粋な愛は光るのであった。その春の光の暖かさのような愛情が、式子の身を緊張から解きほぐしてくれるのである。それなのに身も心も包みこんでくれる愛情を、式子はどこに求めたらよいのであろう。

皇女といえども窮屈な殻を破った方々がいらっしゃらなかったわけではない。だがそれは皇女の生き方としてひどいおとがめがあったわけではない。しかし、式子にその大胆さはないし勇気もない。それに価する殿方が式子の胸の中にはない。式子の美の感覚は大へん厳しいのである。しかし式子はその殿方がどこかにいて、その方の熱い視線をふと感ずるような気がするのである。

式子は現実に期待しているわけではない。しかし皇女という身分に縛られているのである。空想だけがただ羽ばたける世界である。

また、二条帝と女房讃岐には次のような贈答歌がある。

讃岐の「人の袖をも」という歌をご覧になって、帝がお歌を下さった。

ぬらさるるそのたもとにはあらねどもきくに朽ちなんことぞはかなき

讃岐が歌でお返しした。

かずならぬたもともいかで知られまし人のたもとをぬらさざりせば

「人の袖をも」という歌はかの内侍が調べてくれたのによると、讃岐の歌で、

あけぬれどまだきぬぎぬになりやらで人の袖をもぬらしつるかな

というものである。

讃岐のこの歌は内裏の歌会で詠まれたものであるらしい。

帝は、その暁、あなたが別れを惜しんだ相手ではないけれども、聞くだけで私の袖は涙で朽ちそうになる、なんとはかないことだろう。帝はやきもちをやいていらっしゃるのである。

拙い歌が帝のお目にとまり、このようなお歌を頂き、讃岐は身に余る光栄を感じる。讃岐はうやうやしくご返歌申上げた。

数ならぬ身のなげきがどうして知られましょうか。人のたもとをぬらさなかったならば畏《かしこ》くも帝のご同情を頂けませんでした。とひかえめである。

そのもとの讃岐の歌は、「あかつきの別れ」を詠んだものである。

共寝の夜は明けたけれど、まだ別れには間があって、ひと時を惜しむ涙で人の袖をもぬらしてしまったことよ、というのである。

帝に讃美と共感を頂き、忠実な讃岐はひかえめに、ご同情頂いたことに感謝の意を表に立てている。

しかし讃岐の光栄な幸福は、六年ほどしか続かなかった。二条天皇が第一皇子順仁《のぶひと》親王に位を譲

り、間もなく崩御されてしまったからである。二十二歳であった。次の天皇六条は二歳。どれほど無念の涙を飲んで、崩ぜられたことか。

宮中から退下した讃岐はどこでどのように暮し、今、どんな歌を詠んでいるのであろうか。讃岐の幸福にあやかりたいと和歌を学ぶ女房もいるのである。

式子が斎王を退下した今も讃岐への深い思い入れを重々承知の女房が、言葉に力をこめて自信ありげに言った。

「讃岐さまが歌をおやめになることはありませんわ」

それを聞いて式子は思わず声を強めて言った。

「そうですとも。二条の帝と讃岐の厚い情愛が、簡単に消え去るものではありません。深すぎて、たやすく歌にならないのですよ。涙が涸れるまで悲嘆にくれる讃岐の胸のうちをうかがい知ることは私共には出来ないでしょう。それで讃岐は今どうしているのでしょうね」

この若い女房、歌はあまり詠まないが、世事にさといことでは定評がある。

「はい、讃岐さまは今は宮仕えはなさっておりません。中宮少進藤原重頼さまとご家庭をもち、ご子息の重光さま、有頼さまらの養育にひたすら専念しておいでの様子です」

と告げた。

「私が嘉応元年（一一六九）に退下してからもう何年になりましょうか。住吉社歌合・広田社歌合・右大臣家歌合など著名な歌合せに、讃岐の方は出詠しておられませんので気になります」

と言われて女房は、

「そのようでございますね。ご家庭の仕事がお忙しいのでございましょう」

と言った。式子は、

「讃岐の才能がこのまま埋もれてしまうわけはありません。夫に仕え、子育てに励んで、讃岐は一まわり大きくなって、歌の席に戻ってきますでしょう。樂しみですね」

式子はある人が讃岐の歌を褒めた言葉を、何かで読んだのを思い出した。

「一首に漂うつやは、いとおしい女性を見ているようだと言われていますね。女の歌はかくあるべきと言うことです。この人の歌を口誦んでいると、暁がたに夢がさめたような心地よさを覚えると言われています。風情の気高いこと、すべての歌人を含めて一段とまさっているとのこと、父の朝臣より立ちまさっているとまで評されています」

和歌に関心はありながら、どうしても上手に三十一文字に表現出来なくてあせり気味のこの女房は、そのお言葉にもうすっかり感心してしまった。

「つまり人柄の問題でございますね。二条の帝が讃岐をお慕いになりましたのは、主従の関係を越えて、他人の冒すことのできない讃岐の品格によりますのですね。私はただひたすら式子御方様のお歌を尊敬申し上げております。他の人の歌は目に入らないほどです。でもお歌はほとんどわかりません。和歌は理屈で考えられないものでございますね。いつも頭を抱えて悩んでおります。この奥深い和歌の才能を身につけますには、どのようにしたらよろしいのでございましょう」

女房は頭を深々と下げた。

式子は微笑んで、

「その私がわからないのでなんとも答えられませんね。そなたのそのひたむきな心と、私が歌にむき合う姿は同じと思います。そのうち目が開かれることでしょう」

と告げた。

女房は頭を上げ、本当にいつか目が開かれるのであろうかと、けげんそうな視線を式子にむけた。そして、

「そそっかしいところを直さねばなりませんね。表面だけ見て、あっそうかと決めてしまうのでございます。よくよく考えることに致します」

その時衣摺れの音がして女別当が入ってきた。

「女別当様も私の憧れの人でございます。お父上のご薫陶をお受けになって、和歌の素質をしっかり身におつけになっています。そして、斎王様の御時からずっとお側にお仕えして、和歌の御心は心から心に伝わって、信頼のご関係でいらっしゃいます。私も和歌を勉強して奥の深い優雅な人間になりたいのです。そして信頼される女房になりたいのでございます」

とかしこまった。

式子はひたむきな女房に、微笑を送り、いとおしむ眼で見つめた。

女別当は女房の肩に手をおき、

「心掛けが大切でございますよ。先づ古歌を毎日毎日口誦んでその心が我が身にじっくりとなじむまで読み続けることですよ。ご主人の式子様がいつも励んでおられますことをよくよく拝見しておりますでしょう。私の父俊成の精進も大変なものでございますよ」

とさとした。

式子は思う。讃岐は二条の帝に近侍して、兄人の如く、心からお世話申し上げた。孤独な帝は心を許して寛《くつろ》ぐことが出来た。その心の交流が佳い贈答歌となって結実したのである。

式子にはその様な時期が今までなかった。今後はどうなのであろう。

それは閉鎖的な性質によることは勿論である。しかし心は切にぬくりもを求め、開放的な明るさを望んでいるのである。

源三位頼政

歌人源頼政は女房讃岐の父である。頼政は娘を大切にいとおしんで育てたのであろう。讃岐の歌柄は、娘にかける頼政の情愛が温床となって生れたものに違いない。

女別当に調べてもらったところによれば、頼政は、平治の乱に関わって敗走した源氏一族と同じくもとは清和の帝から出た源氏である。頼政の家系の方から歌人が多く出ているという。

平家に斥けられている源氏の不遇を底に秘める頼政の愁いは、娘に承け継がれているに違いない。

世に受け入れられない哀愁は弱き者に対する思いやりとなって讃岐の心こまかな生地を育んだので

あろう。

二条の帝の孤独な立場を讃岐は理解して、帝をひと時和ませてさしあげることができたのである。もともと歌門の家として誇りを持つ俊成の娘である女別当と、悲運の道を歩む武門の歌人頼政の娘の讃岐とは生れながらに和歌の育った土壌が違うのである。

「頼政様のお歌にこういうのがございます」

女別当が草紙を拡げて、式子に指し示した。

手もかけぬ雲ゐの花のしたにゐて散る庭をのみわが物と見る

平家全盛の時にあって源氏である頼政がいつまでも昇殿を許されぬ歎きを詠んだものである。

「頼政様は歌人として、広く認められておられまして、九条右大臣殿をはじめ高官のお宅にお召しを受け、歌をお詠みになっていらっしゃいます。またある歌合にも判者として出席していらっしゃいます。華やかにお暮しのご様子なので、いつまでも地下《ぢげ》で内裏の桜を眺め、いたずらに散る花を我が身になぞらえて、歎き悲しむお心の深いことは推測し得ませんでした。またこういうお歌もございます。

夏衣緑の色もかはりせば心のうちやすずしからまし

六位の色の衣を脱ぎかえることが出来たら、つまり昇進できたら、どんなにすがすがしく涼しかろう、とおっしゃっています」

式子は、出世を阻まれている人の、重苦しさを思って、胸の塞ぐ思いがした。

「頼政殿はお若い時からずっと女性にもてはやされて、恋の歌の多い方だと聞いておりますが」

と式子がおっしゃると、女別当は身を乗り出して、

「そうなのでございますよ。女性にあのようにもてて、男子として本望でしょうと皆さん言っておられますが、やっぱり位の方が魅力なのでございますのね。それは、ここに殿上人としての威厳が加われば、申し分ないでしょう。男子は歌よりも究極のところ位なのですね」

と言った。

式子は、頼政の歌を眺め渡し、なるほど恋の歌は多く、興味があるとお思いになった。

女別当は、気をゆるめ、少し微笑を浮べて、頼政の恋の歌を拾い読みした。

せきかぬる涙の川のはやき瀬はあふより外のしがらみぞなき

「頼政様はなんと感情の激しい方でしょう。この溢れる涙をせきとめる手だては恋しい人に逢うより道はないのだとおっしゃっています。いつまでも若いお方なのですね。この命の泉がつぎからつぎへとお歌を生み出しているのですね。まだまだ数えきれないほど、恋の歌がございます」

女別当は歌の草紙をくりながら、

「頼政様は天性の歌人でいらっしゃいますね。話し言葉や心に思っていらっしゃることをそのまま歌の調に乗せていらっしゃいます。私どもの父俊成との違いをつくづく感じます。頼政様は言葉を選び、繊細に組み立て、情緒を盛りこんでお作りになっております。父は歌の世界を高い空の上に構えて、崇高なものに仰いでいます。父が歌の世界に浸っております時は何人も側にちか寄ること

は出来ません。一分の隙もなく厳しいものでございます」

と申し上げた。

式子は女別当のさし出す草紙に目をやりながら、ふと一点を見つめて、

「これは小侍従にあてた恋歌ですね」

とおっしゃり、

絶えて久しくなりたる女の思ひ出でて五月五日に長き根をつかはすとて

と詞書きをお読みになった。女別当は、

「ほんとにこれは小侍従様に贈ったお歌ですね

あはぬまはおふるあやめの根をみつつたとふ涙のふかさをばしれ

会わない間は、このように長く育ったあやめの根を見ながら、それにたとえて、私の涙の深いことを知ってほしい、とおっしゃっていますわ。それに答えて小侍従様は、

影だにもみぬまにおふるあやめ草あさきためしのねにぞくらぶる

と返していらっしゃいます。

影さえもお見せにならないではありませんか。思いの浅いためしを沼に生えるあやめの根にくらべてみておりますわ。あやめの根はその間にもどんどん長くなっていきますのに、あなたは……、ですって。お二人の歌がお上手なのでほほえましい贈答歌でございますこと」

二人は顔を見合わせた。式子にも女別当にもない軽みである。罪がなく、人生のひと時の色どり

を楽しむ余裕に、二人はそれぞれ羨望を感じていた。

「ごゆっくりお読みになって下さいませ」

女別当が式子の文机の上に頼政の歌を写し書きした草紙を、丁寧にひろげて席を立っていった。

日々の生活の中にこのような軽い、そして粋な会話を交すことは、どなたとも私にはかつてなかったことである、と式子は来し方を振り返った。皇女で前の斎院である身は、生活すべてが解放的でないことは当然であった。ただ歌を通して他人の生活を垣間みることにより、心を遊ばせることしかしようがないのであった。

読み進んでいくと頼政にはこういう歌もあった。


ことの葉は下ふく風にちらし上げて谷がくれなる我が歎きかな

まだ地下にいて、昇進のかなわぬ身を歎いていたころ、内裏から歌を奉れとの仰せがあった。歌ばかりでなく、我が身も昇殿したいのである。奉る時取りつぎの女房のもとに歌をもって訴えた歌なのである。

また大内の守護ながら、殿上を許されぬ身を歎いて、

人しれず大内山の山守は木がくれてのみ月をみるかな

と女房に重ねてくどいまでに心の内を述べている。

どれほど頼政が昇進を望んでいたかがうかがえる。殿上人となって、並みいる大宮人と共に咲き盛る桜を見上げて、一首を詠み上げたいのである。だが昇進は遅々とし、頼政は古稀もとっくに越

えたのにやっと正四位下である。考えてみればその悲哀が歌となり、人々の心をひくのではないだろうか。しかし彼の本心は歌は二のつぎで、もっぱら官位があるのみなのである。

治承二年（一一七八）十二月二十四日従三位に叙せられ参議に列することができた時、頼政の心はどれほどひらかれたことであろう。是よりかれよりよろこびの歌が届いた。頼政の歌友の多さは、彼の歌の実力のほどを示している。

中宮亮重家より

まことにや木がくれたりし山守の今は立ちいでて月をみるなり

頼政の返し

そよやげに木がくれたりし山守をあらはす月も有りけるものを

后宮権大夫顕長より

此春や思ひひらけて九重の雲ゐの桜我が物と見む

頼政の返し

散るをのみまちし桜を今よりは雲の上にてをしむべきかな

蓮花王院の執行静賢より

木がくれにもりこし月を雲ゐにて思ふことなくいかにみるらん

頼政の返し

木がくれどなになげきけんふた代まで雲の上にてみゆる月ゆゑ

大勢の人から祝いの歌が届いている。念願であった参議を許されて、老いの身の先を歎き悲しんでいた頼政の、思いのかなった嬉しさはいかばかりであったろう。その深さは返歌の中に読みとることが出来る。そして、

色々に思ひあつむることの葉に涙の露のおくもありけり

頼政はかく述懐する。平家全盛の世にあって、源氏が個人で名を挙げ、殿上を許されるに到るまでには、涙の流れるような多難な道もあったに違いない。

のぼりにし位の山も雲の上も年のたかさにあらずとぞ思ふ

頼政は位という山に登り、雲の上にも昇ったが（昇殿を許されたが）、それは今のこの私の年の高さにくらべたら低いものだと思う、と言っている。和歌だけで頼政の心は満たされなかったのである。その不満がどのような形で噴出するのか、見抜いていた人がいただろうか。

山の端の月

安元二年（一一七六）父君後白河院は五十歳を迎えられ、東山御所（法住寺）南殿においてお祝いがあった。式子は賀歌を奉った。

うごきなくなほ万代を頼むべきはこやの山の峯の松風

上皇の御所であるはこやの山に吹く風がおだやかで、うごかない万代を心からお祝い申し上げます、と歌った。

賀宴三日間、人目を引いたのは、所々方々からのいだし衣だった。殊に建春門院の御方のそれは、美を尽し、その数は十一具に及び六間分を占めて豪華を極め、さすが平家一門となればと万人を感嘆せしめた。

仁和寺の守覚はこの賀に参じて二品親王に叙された。

それからわずか四ケ月後、晩夏の酉の刻に悪瘡のため、建春門院はあっけなく崩ぜられた。三十五歳の若さであった。

その翌年治承元年（一一七七）三月式子の母君の高倉三位が薨じた。皇子皇女を六人も持ちながら父君から忘れられ、ひっそりと他界された。

このころよりただならぬことが起きはじめた。四月二十八日の亥の刻、樋口富小路の辺より発した失火は、折からの風に煽られ西北の方に燃え広がり、たちまちにして朱雀門、応天門をはじめ大極殿、八省院をはじめ都の主要部を焼き尽した。

その余燼未だくすぶる同年六月鹿谷の変が起こり、平清盛は前ぶれもなく軍兵を率いて福原より入京するや法皇の主な側近をつぎつぎと捕え、即座に殺害し、あるいは遠島に処した。

京中は諸説とび交い、上下皆戦慄の日々であった。

このような騒ぎの世間をよそに、治承二年（一一七八）高倉天皇中宮徳子は、平家にとってはこの上もなく目出たい皇子（言仁《ときひと》、のちの安徳天皇）を生んだ。

その中宮御産の祈りをした守覚は、翌日勅書をもってねぎらわれた。

この年十二月頼政が清盛の推薦で従三位に叙せられた。これより頼政は源三位頼政と呼ばれている。

このことを右大臣九条兼実は「稀代の珍事」と評した。その意味をどう解釈したらよいのか。清盛は頼政の和歌に酔っていたのか、裏の心を見抜けなかった。

もう一つの心が頼政の心を占めていて、清盛を狙っているなど、清盛は思いもよらなかった。父君の御妹で富裕な八条院の猶子である以仁王を味方にすれば、軍資金の面でも困らぬと、頼政は計算していた。

父君の后である建春門院平滋子が薨じてから後は、院と清盛は、事の善悪、筋道のみさかいもなく、ことごとく対立した。あげくの果て、清盛は力づくで院を鳥羽に幽閉してしまった。治承三年（一一七九）十一月二十日のことである。

こうなれば院の第三皇子である以仁王は、父君をお助けせねばと勇気が湧いてくる。

今だに親王宣下のない以仁王。清盛は明経・紀伝・陰陽道等の帝王学を修めた以仁王をにがにがしく思い、何とかしてこれを斥けねばならない。親王宣下がないのは当然だが、何かにつけて清盛と対立している父君も王を無視しておられるようだ。しかし完全無視ではない。全く先の見えない今、皇子に指示する余裕が父君には、見えてこないのかもしれない。父君は以仁王のために立ち上ってはくださらない。幽閉の御身ではどうにもならないのである。それがどんなにおつらいものであろうか、と、式子は拝察する。

そのような時式子の長姉である元斎宮亮子が、治承四年（一一八〇）二月二十一日に譲位した天皇高倉の東宮言仁の受禅に際し、その准母となった。その経緯は式子にはわからないが、式子には複雑な思いがわだかまる。

こうした時ますます以仁王はあせって、勝算のめども立たないうちに、事を起しておしまいになるのではないかと、式子は気がかりである。

もう以仁王はそのあせりを、笛に託してその音と共に胸の重圧を空に散らしてしまう余裕はないであろう。

式子はこのような時、心を和歌にあずけて、この窮状をお救い下さいと神に願うのであったが、このようなことで心のあせりがゆるむものではなかった。

始めなき夢を夢とも知らずしてこの終りにや覚めはてぬべき

一体いつが夢のはじめなのであろう。この世を夢の中とも知らず、この終りにはやっと覚めはてるのだろうか、いや、出来そうにもない。そのような時がはたしてくるのだろうか。

父君後白河院はことごとに対立していた清盛に幽閉され、鳥羽に憂悶の日々を送っていらっしゃる。五十歳半ばの父君にとって、つらい屈辱の日々はいつ解かれるのであろう。

今までは、お住居は別々でも父君の御所の近くの萱御所《かやのごしょ》に住まう式子は、それだけで安心していられたのである。父君もそうした形で皇女の身の上を守っておられたのに違いない。

父君の御子、亮子内親王・守覚親王・以仁王もそれぞれに父君の苦境に心を痛め、早くお救いしなければとあせるばかりである。だが父君には頼む侍臣がいない。

治承四年（一一八〇）四月、花は遅桜が、初夏の陽差しに倦んで、けだるく、淡紅の房を垂れていた。

庭木を過ぎる涼しい風が緑の香りを部屋に流していた。だが父君のことを思えばその涼風に気をよくしているわけにはいかなかった。

とめどもなく不安に心はゆれる式子の前に、かしこまって女別当が膝を正して坐した。

女別当の妹の健寿御前は、建春門院の御事のあった後、式子の姉君の亮子内親王に仕えているのである。

式子も女別当もはらからが、事件に巻きこまれることがないようにと胸を痛めている時だけに、女別当の緊張した表情に式子はただならぬものを感じた。女別当が何を告げるのかと、式子は胸の鼓動を押さえて待った。

「四月の始めに歌人の源頼政殿が子息の仲綱と三条高倉の以仁様の第に参られて、王と密談をされていたとのことでございます」

そうであったかと式子は思い、やはりと、頼政に対する疑念をたしかめた気がした。今さら驚いても無力な式子にはどうしようもない。

活動的な亮子内親王が以仁王を心配して何かと支えになっていらっしゃることは十分うなずけた。

亮子内親王の立居振舞はここのところほとんど以仁王にかかわっている感を女別当の口調から察す

ることが出来た。

直接的に間接的に、女房達の会話の中からでも、諸国に散在する源氏の動静を、質疑のいとまもなく式子は知らされていた。単なる噂も事実の如く言いふらされているようであった。そうとわかっても式子は今までのように自分の殻に閉じこもってしまう。表情は静かである。

女別当の父の俊成が、歌の家柄を守って、政争に振りまわされまいと、身を堅く持しているのとは違う歌人頼政であったのだ。

式子は頼政を考え直す時機が来たのだと思った。もう自分を捨ててしまっている老齢の頼政に、これからという若い以仁王が頼りきっていてよいものだろうか。

「妹は建春門院にお仕えしていた時と違って強く逞しくなりまして、自分の意見もはっきり述べる頼もしい女性に成長致しました。亮子内親王に従って、しっかりお役目を果たす考えのようでございます」

女別当と向かい合っていると、その胸の鼓動が直接伝わってくるような気がして、それほど緊迫した情勢なのであろうかと不安になる。

式子は胸の騒ぎを押さえて、庭の花房のゆれるのをじっと見つめた。

夜になるとこのごろは考えあぐねて、夜更けまで独り月を眺めていることが多い。今宵からはしみじみと月を見つめて考えることはやめようと思う。

花は心を慰めてくれることが多いけれど、月は心を打ちこめば打ちこむほど悲しくなるものだ。

式子は筆をとって一首を草紙に誌した。

ふくるまでながむればこそかなしけれ思ひも入れじ山の端の月

八　辻風のあと

埋れ木

治承四年（一一八〇）四月二十九日に京を襲ったつむじ風で、式子の姉、前斎宮亮子の四条殿の破損は目を蔽わんばかりにひどかった。

姉妹二人が亮子内親王に仕えていることもあって、藤原定家が安否を気づかって出向き、その帰りに立ち寄って姉の女別当に報告した話によると、住むことが出来なくなった四条殿をあとにして亮子内親王に従って姉妹も、以仁邸に移住、同居していたとのことであった。

健御前がそのようなご難の中でけなげにも立ち働らき、以仁王の姫のお世話をしていたということであった。ともかく姉上亮子内親王はご無事であったとの定家の報告に、式子は胸を撫でおろした。

この庭の燃えるように咲いていたつつじの花が風に傷められ、ぐったりとうなだれてしまったのをみつめているうちに、式子は不吉な予感に胸をゆさぶられた。

辻風（『首書方丈記』）

「王は倒れる」たしかに響いたように思えたその遠鳴りの魔声は王の無惨な姿への警告のように聞えた。

頼政が王に、鳥羽に幽閉されていらっしゃる父君法皇様をお救いすることが王のご使命であると説得して、王の奮起を進めているという噂は、女別当に弟定家が告げに来たことで式子はすでに耳にしていた。

頼政は王の不満が奥深いことを察知した時、平家を誅伐するには王の令旨という大義名分の下に挙兵するしかないとひそかにたくらんでいる、とそこまで勘案する人がいるということに、決闘という男の世界が今にも展開していくような恐怖を式子は覚えた。

つむじ風の轟音は政変という大事を告げる警鐘のような響きに思えてきた。

王の令旨を掲げて鳥羽の幽閉先から先ず院を奪取するもくろみに違いないと頼政の胸の内を、女別当とひそひそと語り合った式子だったがその話しの内容をこっそり聞かれて、清盛の耳に入ってしまったのかと疑うほど、早々に父君は御病ということで、清盛によって八条の内蔵頭季能の邸に、八葉車で移されておしまいになった。五月十四日の事である。

式子と女別当は色を失って顔を見合わせた。さすが清盛である。打つ手が早い。

五月十五日には以仁王は、姓を源以光と改められ、始め土佐に、ついで畿外に配流とのことを耳にした。全く寝耳に水であった。

王の発した令旨は、陸奥の十郎義盛が名を行家と改め、八条院蔵人に補せられて以仁王のお使いとて、伊豆の前武衛《さきのぶえい》、源頼朝のもとへ持参するはずであったが、事前に発覚していたのである。平家に重恩を感じている熊野の別当湛増が義盛の動きを察知して、飛脚をもって都へ注進したのである。

五月十五日かろうじて王は園城寺へ脱出。姉君亮子も王の姫宮を抱き、危うく脱出された。令旨が発せられても、源氏方の結束は遅く、比叡山は平家方の画策によって、王に味方はしなかったのである。だが清盛は頼政の離反にだけは気づかなかった。頼政を以仁王追討の先鋒に任じたほどである。やはり老練な頼政と言うべきか。

清盛の目を逃れて計略を練っていた頼政が挙兵したのは、以仁王が園城寺をさして逃れてから七日も経っていた。しかしその時は王も頼政も既に清盛の掌中に握られてしまっていた。

五月二十六日頼政は、以仁王に追いつき宇治平等院に王を守りながら討死した。翌二十七日に王は南都僧徒の援軍の近くに来ていることを聞きながら綺田《かばた》川原で無惨にも敗死した。その報はいち早く式子の許にも届いた。

式子は夢見の悪かったここ数夜のこととて顔色は悪く、この悲報に耐えられずしばし伏せってしまった。

容体がややおさまりかけた時女房が静かに顔をのぞかせて、

「お目覚めでございますか。お起きになって今日は空でもご覧になってはいかがですか、美しい空でございますよ」

と言った。

女別当も現れて、

「さあしっかりお着付けをなさってお心を引きしめて下さいませ。以仁様を偲んでご供養申し上げねばなりません」

とお勧め申し上げた。

どこからか香の匂いが漂ってきた。王を悼んで手向けの香がたかれているようであった。身を清めてささやかな祭壇に手を合せ、首を垂れた時、式子は文字の書かれた薄墨色の色紙に目がとまった。

それは一首の和歌であった。一字一字丁寧に読みながら、それは故人となった頼政の歌であることがわかってきた。

埋れ木の花咲くこともなかりしに実のなる果てぞかなしかりける

なぜ高齢の頼政があの無謀と思えるような挙に、綿密な計画も練らずに走ったのであろうか。今は式子も落ち着いてこの度の事件について、こまかい事情をつきつめたい気になっていた。

「以仁様は頼政殿の勧誘に、早々と乗っておしまいになったようですが、ほかにご相談なさる方がいらっしゃったのではないかと思うのです」

女別当も王のあっ気ないご最後に悔しさをかくせないように言った。式子もその通りのことを考えていた。

「無遠慮なことを申上げてお許し下さいませ」

と女別当は前置きして、

「王を孤立無援の状態に追いこんで、このような哀れな最期を遂げさせておしまいになったご親族の方々に憤りを覚えます。式子様のご親族でもあられる方々のことをこんな風に申し上げるのは憚られますが」

と口を押さえてあたりを見廻した。

「いいえ、あなたの申すことは間違ってはおりませんわ」

と式子は悲しそうな表情で目を伏せた。

「藤原家閑院の出でいらっしゃいます、そのまあ主力と申しましょうか、三条家、徳大寺家は太政大臣をお勤めになった方をはじめ、高位高官の方々が名を列ねております。また目を引きますのは、両家の生まれの女子を、幾人も後宮に登らせて、中宮にも皇后にもして誇っておられます。それは強い権力ではないでしょうか。それなのに以仁王をお救いしなかったばかりか助言さえもなさる方がいなかったのですね。王は進退谷《きわ》まって頼政様の軽はずみな挙に乗っておしまいになった……。違いますでしょうか」

式子は申訳なさそうにうつむいた。式子も助言をしなかった一人なのである。しかし病弱で実行力のない式子は何事によらず脇に外され、保護を受けるのみの立場であった。まして政治に関わる男の世界に踏みこめるわけはなかった。しかし現実には大切なお身内の一人を喪ってしまった今、そのような逃げ口上ですませられるものではない。

「私の父俊成は早くに父親を亡くし、他家にあずけられて育ちましたせいか大変用心深い人です。人の心の奥を読み、探りあて、用意周到です。いいかげんな行動を慎め、わからぬ時はじっと時を待て、我が家は和歌の宗家である、日ごろから和歌の学問に勤めておれば時は来る、一時の栄辱に迷って挙に出てはとり返しのつかなくなる事もある、と言っています……。私が思いますのには、この戒めは、若輩の定家への教訓だとも思っています。父も老齢を迎えまして、少し短気で癇癪持ちの定家が過ちを起こさぬようによくよく言い聞かせておかねばならぬと考えているようでございます。その教えが身にしみたとでも申しましょうか、あの福原遷都の頃、定家は故新院の侍従であったので京に残され、為すこともなく法性寺の祖母の家で読書三昧であったらしく、殊に漢籍に興味を持ち、そのせいか『紅旗征戎は吾事に非ず』などと呪文のように唱えていましたが……。もっともその言葉は近頃はあまり口にしなくなりましたが……」

女別当が胸を張って父を語るその表情に、式子は身のしまるような緊張感を感じとった。

「天下に轟く清盛の実力を、しっかり肌で受けとめているはずの頼政様がいまさら身の破滅を覚悟の上で、以仁王をそそのかして挙兵したいきさつを私流に考えてもわからぬことではありません」

女別当はその私流の思考を式子に伝えたい様子で、式子の瞳をみつめた。どうぞと式子も目で合図した。

「頼政様の和歌の実力と経歴の重さは誰もが認めるところです。私生活の上でも、たとえば小侍従様などと歌を交して熱く華やかに楽しんでおられました。位は三位まで上りました。こんな結構なことはございません。皆の羨望する頼政様でした。でも何事についても言えることと思いますが……」

と女別当はちょっと微笑を浮べて、

「和歌で社会的な評判を獲得した頼政様です。でもあまりお上手すぎて、そうですね、才能に恵まれすぎてそれほどの苦心もせず頂点に近づくと侮るのが人間なのですね。苦労もなく地位を与えてくれた和歌を軽く見てしまったのでしょう。和歌の道になにの縁もない決闘に老骨を賭けるのが生き甲斐に思えたのでしょうか。天下の清盛に対抗する生き方は魅力だったのでしょう。年齢的に時すでに遅しの感はあったでしょうけれど和歌に明け暮れて、大事な使命を忘れていたのを思い出したのです」

「宿敵平家を打つべし、ですか」

「そうですわ」

式子の言葉に女別当はひと息入れた。そして続けた。

「人間社会のむつかしさを、それに伴う平家の怖さを考えなかった頼政様ではございません。そう決めた時、命はもう捨てていたと思います。我が身は平家にとり立てられているとは言うものの、平家に滅ぼされた源氏の数少ない生き残りなのです。和歌の華々しさに眩惑されて、一時足も地につかぬほど浮かれた我が身の恥を覚えたのです。心優しい頼政様は、保元の乱に敗れて、崇徳院蔵人として自刃した弟頼行の子息達を猶子として面倒を見ていたのです。一門の長として、頼行の子息や己れの子仲綱のことを思い出したのです。長い間、将来のある若者を逼塞状態においたままにしていた責任を感じたのです。しかし年齢は八旬に近くなっていたのです。これは一刻も待てぬ年齢なのです。急いで決起の先鞭だけでもつけておかねばならない。それは出来そうである。その時脳裡にいち早く浮び上ったのが以仁王だったのでしょう。王も決起の時を待っておられる。和歌と官位昇進に明け暮れて、一門のことを忘れていた時間を取り戻さねばならない。今、以仁王をまき込んでの旗上げは時期早尚で、結局は王の自滅を招きかねない危惧を感じはしたものの、たとえそうなっても王には犠牲になって頂かねばならないと、自分でも恐ろしいと思うほどの想念にかり立てられたのでしょう」

真に迫った女別当の語り口に、式子はなるほどとうなずくばかりである。

「頼政様は宮廷武士で、動かすことのできる兵力はたかだか三、四百騎にすぎないそうです。渡辺の一字党を中心とする武士団は小さく、摂津の多田庄と淀川河口の渡辺の地を拠点とするにすぎず、平氏の勢力に攻撃をかけるには雲泥の差があることは誰しもみとめるところです」

と同席の女房がつけ加えた。

「王を猶子となさっている八条院様は父君の妹君ですが、この方の莫大な資金を頼りになさっていらっしゃったのでしょうが、このお方は生来何事につけても鷹揚で、人の心の奥にひそむ暗部を見つけて、いち早く動くという、政治的な活動力のあるお方ではありません。世間の波にもまれて策を講ずる知恵者ではいらっしゃらない。まあお人の良い方でいらっしゃいます。ですから王の決断に対して鋭いご意見はおできになれなかったでしょう」

なるほどと式子は思った。

その時小きざみながら急ぎ足で来て、ちょっと息を整え、誰かに伺いを立てるような女の声がした。女別当が中に招じ入れた。

中に入るとその若い女房は式子と向かい合った。

「今、街に出て、四月二十九日のつむじ風について占いなどの噂が広がり騒然とのことにございます」

と女別当が言った。ことの次第を式子様にお伝えするようにうながされて若い女房は語った。

「あのすさまじかったつむじ風の直前に猛烈な雷鳴があり雹が降り、黄塵を巻き上げ、樹木をなぎ倒し、多くの家や車までが吹き上げられましたそうです。『その天変の罪の本は地にあり、為に地のまつりごとは失してゆらぎ、すざまじいいくさの末に敗れる者が出る……』と陰陽寮官が占ったそうにございます」

「平家が敗れるということですね」

式子は確かめるように言った。

「つむじ風がのろしでございますね。四条殿に吹き上げて、以仁王の力になれという神の警鐘でございましょう。姉君がこられたので、王はどんなに力強く思われたことでしょう。つむじ風は、政《まつりごと》が乱れやがて破れるという占文だったそうですね」

女房たちの語りを聞いているうちに式子は少しずつ政治の後先のようなものが見えてくるようであった。運も不運も勝ちも負けも、先に父君法皇を守護であろうと幽閉であろうと奪取した方が正義となったのである。頼政の手遅れが王を謀叛の者としてしまったのだ。

あわただしく過ぎてしまったが五月十四日から十五日にかけて起った父君と以仁王の事件はそれを物語っていた。

十四日戌刻、昨日からの雨は小雨ながらまだ降り続いていた。その日のことを、方々歩きまわって聞き糺してきた女房が精しく話しはじめた。

「禅門清盛は何の前触れもなく、法皇幽閉中の鳥羽殿へ武士二、三百騎を差し向け、直ちに出御をと促しました。御車が輿ではなく頑丈な八葉車であるのに気づいた女房が「何故に、いづこへ」と問うたのに、武士は「ご不豫ご養生のため京中へ」と答えたそうです。前後左右を厳重にとりかこんで八条坊門烏丸の内蔵頭藤原季能の第へ護送し奉ったのです。法皇づきの女房京極局は差向けられた扈従《こしょう》車への乗り際に、腹心の者へ目くばせしました。その者は源三位頼政のもとへ走りました。その急報に頼政は、色を失い絶句したそうです。その寸前に一つの密告があったそうでございます。まあ、お聞きになって下さいませ。三条高倉宮つまり以仁王は、源氏の姓を賜り名を以光と改め、土佐国へ配流との朝議決定があったという、あの思いもよらぬ事態の急報が、三条実房卿から頼政殿の許に届いた矢先だったそうでございます。頼政殿が唇を噛んだのは無理もないことでございます。一夜の齟齬で法皇様の奪取はもはや不可能なことと思い知らされたという次第でございます。頼政様は他の策を考える間もなく、何はともあれこの火急を高倉宮にお知らせするよう急使を走らせたので、宮は夜の明けぬうちにお邸を脱出されたのだそうでございます」

息も切らさぬ女房の語りは聞く者の心をゆさぶった。式子は以仁王の敗北をむざむざと認めたくなかった。しかしこの胸の騒ぎはどうだろう。式子は傷ましさに泣き伏してしまいたかった。

法皇付の女房京極殿とは女別当の長姉のことである。よく父君の御身に間違いがないように守ってくれたと式子は有難く思った。不運の中で女ながらも凛然《りんぜん》と動く姉に妹の女別当は誇りを感じたらしく、動揺を静めてひかえめに笑みを浮べた。

姉君は以仁王の姫をお守りして今ごろはどこでどのようにしておられるのであろう。

この式子の御所が絶対安全な場所とは思ってはいない。今もこの御所を官兵が見張っているかもしれない。それを懸念して姉君は立ち寄って下さらないのであろう。

夜になると式子は耳をすませて、ひそとの風の音も聞き逃すまいとする。姉君の訪れかもしれないのである。

姉君を待っているしるしのようにひそかに灯をともす。姉君に心が通じて、静かに戸を叩いて下さるように念じながら……。

姉君はとうとう式子邸に立ち寄って下さらなかった。しかし姉君が式子に救いを求めてこられたとして何ほどのことをして差し上げられたであろう。

父君後白河院は、この頃、よく和歌の集を開いておいでになる。『万葉集』をお読みになっていらっしゃることもあるが、勅撰集の『古今』・『後撰』・『拾遺』の三冊はいつも文机の上に置いてあり、常にご覧になっていらっしゃるようである。三冊同時に、開かれていて、何を比べておいでになるのであろう。序文の部分に○・レの印がついていたり、選者が書き出されてあったり、部立てに印がついていたりもした。それは一首一首の和歌を鑑賞していらっしゃる風ではなかった。何を確認するために勅撰集を繙いておられるのであろう。

この日も式子は御所を訪れて御文机の前で父君のお帰りをお待ちしていた。

式子は父君のお住いになる法住寺殿の一隅に立つ萱御所に住んでおられるので、父君ご訪問に割り方楽なのであった。

養和元年（一一八一）という年は、あの重衡による南都炎上という忌はしい事件のため、天下穢気とて小朝拝も諸院宮の拝礼も停止のまま正月を迎えることになった。その上悲運不吉なことが日を追う如く起きていった。一月十四日には新院高倉上皇が御年二十一歳の若さで病悩の末崩御された。その閏二月四日には禅門平清盛が薨じ、世間には「臨終動熱悶絶」と巷説が広がり、人は神罰冥罰と極めつけた。富貴で知られていた藤原邦綱という人も清盛公の後を追うようにして薨じたということである。あまりにも大きな出来事の連続のあとだけに、式子内親王にはこれから何がどうなるかは判らぬという気懸かりはあるものの何かが終ったような空白感があった。

その中で父君の文学にとって唯一の世界であるこの部屋は、世情不安をよそに別天地の如く静かであった。

たまたま父君はお出かけでお留守であった。いつごろからか不仲になった清盛と、いろいろ葛藤があって穏やかでなかった父君であるが、その清盛も亡くなり、平氏の力が下り坂になると、活き活きとなられた。何かとおつむをめぐらせて、お出かけも多いらしかった。いつまでもご苦労の絶えない父君であることよと、お元気な父君のために喜んでよいのか、悩むべきことなのか、式子は考えあぐねた。

晩春は暮れなずみ、庭の花の影がうっすらと伸びて、のどかであったが、式子の心にはうすい膜がかかって、父君の御身に又何かが起りそうで、呆けはじめた花の熟した香りに包まれていたい思いはゆらぎ勝ちであった。


深くともなほ踏み分けて山桜あかぬ心のおくをたづねむ

式子はご自分の和歌を口ずさみながら、もう一吹きの風ですべて散ってしまいそうな、けだるい風情の花を見つめていた。花が咲く前からもう幾日目を離さぬように見てきた桜であろうか。自らの心もゆらぐように落ちつかない。深くともなお踏み分けて、山桜を見あきることのない心の奥をたずねたずねて山深く入っていこう。

このお庭の桜は咲き呆けて、霞のようにかすんでいる。山深く分け入れば、はっと驚くような色で桜が咲いていて、また我が心は花のとりこになってしまいそうだ。

「花はいいなあ、花は欺かないから」

その時父君のお声がした。

「ずい分待たせたようですね」

屈託のない明かるい響きであった。

茜の光は簾ごしに射しこんでいた。

「また桜に魅せられて、夢を見ていたのではないですか」

父君は式子の癖をよくご存知である。

「今日の夢は桜の精になって、空を浮遊していたのでしょう。大空の下には何が見えましたか」

式子ははにかんで、面を伏せた。

いえもうそんな少女ではありませんと言いたかった。

長姉亮子は安徳幼帝の准母となり、国母の役目を担っておられる。弟君守覚は仁和寺の重要な地位にあり、以仁王は大胆な行動に出て失敗はしたが、その決断力に敬意を表する。自分だけである。この身勝手な夢といい、理想に向かってというのも言い分けに過ぎない。この境地から脱出したいと願いながら優柔不断は相変わらずである。

甘えは許されない年齢に達した。だが苦しんでいても曖昧模糊とした日常であると他人からは見えるにちがいない。

一瞬の間、自己嫌悪に襲われて不機嫌になった式子であったが、式子の前に広げた草紙の、さきほどの、「深くともなお踏み分けて」の和歌を父君はご覧になった。

「『山桜あかぬ心の奥をたづねむ』の結句について考えさせられる歌ですね。深くともなお分けていって、山桜の見飽きることのない美しさに魅かれる自分の心の奥をたずねよう。その究極の目的は美意識ですか。それとも我が心のあり方ですか」

「美意識よりも心のあり方ですわ。花に魅かれるのが美意識だけならば、私の今の心は空しいのです。花が何かを語りかけ、教えてくれているように思うのです。それをたずねる私の心とはどういうものなのか。何を感じているのか、そのつかみどころのないもどかしい世界に私は目覚めかねているのです」

父君はじっと式子の言葉に耳を傾けておられた。やがて、ちょっと身体をゆすられて、ご自分の思いを述べられた。

「私が皇位についていたのは三年間の短い年月です。退位してから二十三年の年月がながれました。長い間政治に関わってきました。政治が難しいのではなく、関わる人間が難しいのです。私はその渦の中心に据えられて不幸なことに、自分の姿を見失ってしまったのです。渦の責任はこの身にあるのですが、渦の姿が見えないのです。これは不幸なことでした。見えたように思っても、それは幻でした。心身ともにゆさぶられて疲れました」

父君は白湯《さゆ》を口にふくまれた。疲れたとおっしゃるわりにはお顔の色が良いようである。不死身なお方だと式子は思う。その秘訣は何なのであろう。いつも虚々実々の駆け引きといおうか、お心の張りがうかがえる。

「私はいつもいつも父君にご心配をおかけしています。身体の弱いことも精神的に不安なことも、私の日常を暗くしています。早くそこから抜け出したいと、いつも誰かに頼る習慣がついてしまいました。お忙しい父君にいつもご心配をおかけしています」

父君はかすかにお笑いになった。

「いや、いや、何も心配はしておりませんよ。かえってそなたが私の支えになっていることもあります。そなたは和歌という伴侶をもっているではありませんか。信仰と言い代えてもよい。誰に頼ることもありません。そなたはそなたの和歌に埋没していれば必ず先が見えてくるでしょう。先ほどの和歌のように、『あかぬ心の奥をたづねむ』ですよ。何も心配することはありません。父だってついているではありませんか」

とおっしゃって、式子の両の手をおとりになってご自分の膝の上に引き寄せられた。父君のお手は重く、固く、熱かった。

「亮子には以仁のことでずい分世話をかけてしまった。やっと落ち着いたので、疎開していた摂津の貴志庄から、以仁の姫を伴って帰京した。疲れたことだろう。以仁にはあの様なことになって、父として相すまない。高倉院も若いうちにこの世を去ってしまい、いろいろの苦労の末と思い、心が痛む。私の力が足りないばかりに、思いもかけぬ結果になってしまった。二人とも優しくて美しい心の持主であったのに」

父君はご自分の心を責めて、苦渋の色をおみせになった。このひどい世の中の責任を一人で背負っていらっしゃるのだった。

「この騒然たる世情の中で、底力をみせ、ゆるぎない姿を保っているものがある。私はそのことに気付いたのです。何だと思いますか……」

父君はかすかな笑みを浮べて、式子をおみつめになった。式子は膝の上の草紙に目を落した。

河舟のうきて過ぎ行く波の上にあづまの事ぞ知られ馴れぬる
「そう、和歌の世界ですよ」

と力をこめておっしゃった。

「その和歌の世界の担い手の一人が、式子さんあなたですよ」

頼もしそうに声を強めておっしゃるお顔の色はうっすらと上気していた。

「和歌の道を顕彰することによって、少しでも人心がおさまり、穏やかになれば、平和がもどるのではないか、と考えるのです。平和な時も何か事のある時も、和歌の道は断えることがなく、良きも悪しきもすべて吸収して、正道に戻してくれていたのです。二人の皇子を失い、失意の思いでいた時に、そこに気づいたのです。今度こそ千載に残せるゆるぎない道を見出だしたいのです。あなたもお手伝い願いますよ。着々と仏道に修行し、地味な歌を詠みつづける守覚にも参加を願いたい。これをもって、世を憂いながら、父のために早世した二人の皇子への鎮魂のあかしにもしたいのです」

父君は言葉を継がれた。

「そなたには貫首（蔵人頭）経房が付いていてくれることだから諸国の動静は細かく聞かされているとは思うが、確かに東国勢が力を得てきていることは事実だろう。私の所へは毎日大なり小なりの攻防の報告が入ってくるが、どれを信じどれを偽りとするか判断することはなかなか困難なものである。中には宮と称する人が伊豆に在りとの風聞まで耳にしている。しかし謀叛の棟梁である頼朝とやらが今日明日にも上洛を企てるとは考えられぬから、ひところのように恐れることはないと思う。北陸や越後の官軍もそうやすやすと攻略されることもあるまいし、それに奥羽には藤原ヒデヒラという者が平泉を根城に絶対の権力を持って鎌倉勢を牽制しているから、頼朝も左右東西に警戒を怠るわけにもいかぬだろう。それに何よりも昨年来の大飢饉による国中の疲弊では大軍を動かすことは至難なことである。まあ時勢は今年の作柄次第ということになるだろう。今しばらくは大きく変動することはなかろう」

今まで、言葉には出されなかった苦しいお心の中をお察ししながら、父君のお口もとを式子はじっと見つめた。父君のお顔をまともに見ることが出来なかったのである。唇が歪み、かすかにふるえて見えた。

父君は少しお膝をゆるめ、坐り直された。ようやくお口もとがゆるみ、明るい声でおっしゃった。

「藤原俊成という歌人をどう思いますか」

式子は、父君が編もうとしていらっしゃる勅撰集の撰者を俊成に決めていらっしゃるのだと直感した。式子は父君のお顔を見上げてほほえんだ。父君も少し笑みを浮べられた。父君のお心がじかに式子に伝わってくるように思えた。

「俊成の娘の女別当は、あなたに仕えてもう二十年余になるのではありませんか。私のところに仕えていた女房京極殿はよく働いてくれた。俊成の娘たちは父の薫陶により、学はあり、勤めはきわめて誠実です。娘達を見て、父親を信ずるのです。和歌一途に精進する俊成に頼む思いが強いのです。それに俊成は、政治に関わりのないのがうれしいのです。政治の世界は陰謀が渦巻き、堅実な明るい所ではない。それを納めることの出来ない責任は私にあるのだが、しばし、その汚濁の塵を遠ざけて、清浄な和歌の世界に踏みこみ、踏み分けて、奥深い所で休み、そして考えたいのです。道は見えてくると思うのです。それには和歌一途の人が良い」

式子は女別当の話を通して知る俊成の人柄をしのんだ。

父君を悩ませ狂わせた政治の場を和歌の功徳をもって救い、それをご自身の慰みにしたいとお考えになっていることを式子は知った。ようやくそこに辿りつかれた安らかなお顔を拝見して式子も安堵を覚えた。

「若くして崩じた二条院は、今になって、考えてみれば、帝の素質があったと思う。式子達と違って、実の兄弟姉妹がなく孤独であった。孤独であるがゆえに人一倍考え深かった。身にこたえることも多く、命を縮めたのであろう。こういう歌があったのを覚えていますよ」

父君は、思い出し思い出ししながら、一首を朗詠なさった。

我もまた春とともにや帰らましあすばかりをばここにくらして

「なんと大らかな詠みぶりでしょう。これがあの二条院の心ですよ。帝王の資質ですよ。長生きして立派な仕事をしてほしかった。政治に関して気の短い私とは何かと意見の合わぬことがあった。いらいらして私は彼の人の気質をじっと見つめている余裕がなかった。失意のまま彼の人は旅立ってしまった。まだまだ佳い歌があるだろう。是非その歌を納めておきたい。あなたも協力して下さいよ」

父君のお言葉に式子は深く頷いた。式子もよくよく心にとどめている二条院なのである。

「ところで非業の死を遂げた以仁王には和歌がないのではありませんか。詩文に才能のある多彩な皇子だったが、和歌に打ちこんだということはなかったようですね。あの人の魂を鎮めるためには、父である私は何かしなければならないのだが。惜しい人を亡くしてしまった」

亡くなられて後に残るもののないお方とは、哀れがまた、式子の心をしめつける。でも月に向かって朗詠されていたあの清が清がしいお声は、胸に響いたまま消えずにいる。

「以仁王の皇子や姫は、八条院や亮子が心にかけてみてくれているようだ。あなたもよくよくめんどうをみてあげて下さいよ」

遺言めいて聞こえる父君のお言葉であった。目を瞑《つぶ》って式子は静かに聞いた。

「守覚や式子には撰集に載せる歌には、心配はない。安心して選べる歌が何首もある。父である私でさえ驚くほどの精進を二人を重ねてきたと、私は思っています。でもなお吟味して選んでおいて下さいよ」

父君は目をうるませて式子をご覧になった。そして頼もしそうにお見つめになった。

「二人は実の姉弟であるが、守覚が山に入ったのは六歳の時であった。華々しく入山の式は行われたが、もう人間の住むこの娑婆に帰ることの出来ない遠い所に追いやって、皇位継承に関わる人を一人でも少なくしようとする関係者は罪の意識を感じたのであろう。幼い皇子は、美福門院に後見され、閑院家の中将公保に抱かれ、美々しい行列に守られて、俗世間を後にしたのです。言い訳がましいことだが、それも大内に生まれた者の宿命でもあり因縁でもあるのだが……」

あれから二十五年経った。皇子守覚は厳しい修行に耐えた。今に一門一跡を代表する僧侶の一人になるだろう、と父君の期待は大きい。

「皇子として生まれても、今の世に生き難いことを思えば、正しい選択であったのではないか」

父君はふと口をつぐまれたが、

「守覚の今日の地位は、守覚自身の修行のたまものです。よく耐えてくれました。以仁のことを考える時、その感は一層強い。私にもそのような長く厳しい試練の時があったら、私は一回り大きく、治める国も明るいものであっただろうね」

とおっしゃって、我が身を振りかえっておられるようであった。

「昨日守覚の歌を調べてみたのだが」

とおっしゃって一首を朗詠された。

梅が枝の花にこづたふうぐひすの声さへにほふ春のあけぼの

そして、

「私が思うのには、守覚のこの姿に安心したのですよ。和歌を詠みはじめた頃の一首だと思うが、仁和寺の庭と、そこから眺める自然の風景の大らかで美しい姿がよく出ていると思いませんか。守覚は新鮮な感性で梅の花を捉え鳥の声に聞き入っています。別れてきた父も母も姉弟妹も忘れて、花と鳥を唯一の友として満ち足りているのだ。その春のあけぼのが、守覚の身を包んで、受けとめていてくれる。このような幸福がどこにあるだろうか。俗世にいて、人間のもめ事や世の紛争のざわめきが聞こえてきたら、心は落ちつかず、いつも乱れて、結局は何もつかむことが出来ないのだ。空虚な思いになり、満たされるものもなかったであろう。彼は仁和寺の自然に育まれて大きく成長したのだ。帝王である父でも出来なかったことを自然は成し遂げてくれた。これからもみ仏の道を歩んでいくだろう」

父君は両親の代りに皇子を守り、育んで下さったみ仏と自然の有難さに深く感謝されているようだった。式子には父君のお顔が孔雀明王の温顔のように見えた。

父君は庭の樹木にお目を配っておられたが、式子の方に視線をむけられた。机上から紙片をおとりになり、そこにご自分で認めた式子の歌をお読みになった。式子は我が歌であると気づいて恥かしさに頬を染め、うつむいた。

時鳥そのかみやまの旅枕ほの語らひし空ぞ忘れぬ

つらしともあはれともまづ忘られぬ月日幾度《いくたび》めぐりきぬらむ

「まだほかにもこの種の歌はありますが、我が子としての式子として思う時何とも言えない感慨に咽《むせ》ぶのです。守覚に感ずる思いとは全く違います。そこにはあなたが仕えた神の姿はありません。背景にも神の気配はありません。私には生生しい若い女性の内面の声が聞こえるだけです。涙がこぼれるほど、式子がいとほしくなるのです。それは父だから聞こえる繊細な声です。切なくなる歌もあります。でも式子の和歌は私の救いなのです。生きている人間の体温がじかに伝わってきます。式子の体温が、鼓動が、私の心に呼応して、自分は孤独ではないという安心感が湧いてくるのです。本当の味方というものは、か弱いけれど砕けることのない芯の強い暖かさなのかもしれない…式子のように。式子のことを考えると父は、強くならなければならない。式子を悲しませてはならないと思う」

と暖かな眼で式子をご覧になった。そして続けておっしゃった。

「式子の和歌は式子の信仰ですよ。あなたは和歌によって深くなり、また救われている。信仰は救われるだけではない。苦しみもあります。式子は迷うことはない。父のいる限り、父の身辺にいて、和歌を詠み続ければよいのです。式子の和歌を慕っている人は、父のほかにまだまだいるはずです。式子の歌に魂を吸いこまれている人のためにも詠み続けなければいけません」

父君は静かにほほえまれた。式子は眼を伏せて、父君のお言葉を胸にくりかえした。

寿永二年（一一八三）藤原俊成に「勅撰集」撰集の命が下された。俊成七十歳であった。

九　若き人

愉悦の時

文治二年（一一八六）の頃式子内親王の後ろ見である吉田経房は関東の中次《もうしつぎ》でもあった。摂関家九条兼実と源頼朝が結託して、天下草創には後白河院に隠退して頂くのが急務であると画策している事実を、皇室に忠実な経房がどのようにして院にお知らせしたらよいものか、頭を痛めていた。

院は何かにつけて傲慢な態度を見せる兼実と頼朝の挙動によって、そのことは既に感づいておられ、来る日も来る日も不快であった。お心は日に日にすさんでいった。頭を剃らず、手足の爪も切らず、寝食もなさらず、御持仏堂に籠って悪心悪道を呪詛しておられる、と経房が式子に告げた。

「院をお慰め出来るのは式子内親王様しかいらっしゃいません」

と経房が言った。

「私が……」

源頼朝（『集古十種』第一）

平清盛（『集古十種』第一）

内親王は首をかしげた。

そのようなむつかしいお役目が私に勤まるであろうか、腰が重い。だが式子は居たたまれず、御所におもむいた。だがすぐにはお目みえはかなわなかった。

庭の香木がかすかにかぐわしい香りを漂よわせていた。空を見上げて眼を閉じ、吹く風に我が身も木の葉のようにふるわせていると、何かありがたい思いに包まれる。これといって具体的に言うことは出来ないけれど、今の式子にはこういうことがしあわせのひと時であった。そう言えばと、父君がおっしゃったお言葉を思い出した。

「式子の和歌は式子の信仰ですよ。いつも式子の前にいて、悩める時は悩みを打ち明け、困難を振り分け、共に歓び合える和歌。もっとも歓喜の時はほとんどなかったであろうがかすかでも愉悦の時はあったであろう。式子は和歌によって道を拓いているのだ」

父君のおっしゃる愉悦の時とは父君との会話の時間であると思った。

不意に父君のお声がした。

「あのね」

と声を掛けて、式子の横にお坐りになった。

「はい」

と式子は目が覚めたように父君を見つめた。経房が語ったお姿とは違うではないか。

撫でるように髭をお剃りになり、お頭もさっぱりしていた。かすかに笑っていらっしゃる。

「経房が心配して式子に告げたのであろう。わたしのことは気にしなくてよろしい。このとおり元気なのだからね。いつまでもふさぎこんではいられない。次から次へと難問がふりかかってきてね」

父君は何をおっしゃりたいのであろう。政局、時局の難関を式子との会話にしたとしても弾むわけがないのである。父君もそれを承知で式子に話しかけられるのである。式子との会話は絶対に外に洩れない。忌憚のない意見を陳べていらっしゃるうちに、はたと思い当ることがあって、ほっとした表情をなさるのだ。今日も、

「実はね」

と式子の注意を促すように話しはじめられた。

「あれは養和元年（一一八一）閏二月五日のこと。清盛が熱病で薨じたのだ。あれから世の趨勢が変った。まるで拍子ぬけがしたようにひっそりとしてしまったが、台頭してきた源頼朝によって引き起されるであろう新たな問題に犠牲にならぬようある人は用心をし、ある人は先廻りして構えた。世はまた騒然としてきたことは式子も承知していることだ」

今、後鳥羽天皇はようやく七歳。先帝の安徳天皇も幼く、わずか六歳にして壇の浦にて御最後を遂げられた。その父君の高倉天皇は八歳で即位して二十一歳にて崩御された。その前の六条天皇は、二歳の即位。その父君は十六歳で即位し二十三歳で崩御。このように父君のあとの天皇はどなたもお若い。天皇がどのようなものであるのかも分からないほどの幼い帝もいらっしゃる。その中で父君は院政を敷いて君臨していらっしゃるのである。

清盛よりももっと油断のならない人物であるかもしれない源頼朝である。幼い後鳥羽天皇のことを思えば父君は落ちこんではいられない。外見上は父君の活力は旺盛である。だが身辺が寒く暗く思われる父君である。

父君はつい先ごろのことのように思い出し、ぽつぽつと話し出された。

「禅門清盛の熱病悶死の事は八日目には鎌倉方に報じられたらしい。それを知った頼朝は雄叫びして『我は君に反逆の心なし、ただ君の御敵を伐ち奉らんことをのみ望みとなしていたのだ。今、朝敵の死はこれ天罰であり、我にとっては仏神の加護である。今直ちに敵平氏を打ち平らげることはしないが、もし追討使と称して襲来することがあればたちまち追い帰して都に討ち入ることになるであろう。そのためにも支度だけは怠りなく覚悟せよ』と坂東諸国の武士たちを相励ましたという。浮説様々の中、この上洛の下人の話は信頼出来るものと思ったが旱魃と飢饉で両軍共に活発な動きはなかった。そして夏も終ろうとするころ頼朝から一通の密書が届いたのだ」

父君のお顔は紅潮していた。

「あの雄叫びが聞こえるような調子で書き出されていた。頼朝はこう言うのだった。『賊でありながら都に居る平氏を討ち滅ぼすことはお出来になれない事情もございましょう。まことに差出がましいこととは存じますが、この際、古昔《いにしえ》の如く源氏平氏相並びて召し仕えさせては如何なものでございましょう。つまり関東は源氏、海西は平氏が競って鎮めよと仰せつけになって暫くお試しになってみて下さいませんでしょうか。必ず両氏は王化を守り君命を恐れ励むことでしょう。そしてよくよく両氏の振舞いをご覧になられるのがよろしいかと存じます』というのだった」

父君は大きくため息をつかれた。

「保元・平治の時を思い出しましたよ。この策が破局を救うことになるかどうかわからなかったが、もしかしたら最善の道かもしれぬと考えた。そこで内々に前の幕下であった清盛の子の宗盛に書状を遣わして同意するように仰せつけたのだ。だが……」

と言って、残念とも、さもありなんとの思いの籠った複雑な表情で、

「宗盛が申すには」

と前置きして、

「仰せの儀はもっともに存じ上げます。しかし父禅門は閉眼の時、一族の者を病床に呼び集めて遺言しました。『我が平家の子孫はひとり残らず滅亡するようなことがあっても、頼朝との矛をおさめるようなことはあってはならぬ。許し難きは頼朝奴である。汝らの死場所は頼朝の前に骸《かばね》を曝《さら》すことにある』と誡められ、一族はその遺言を必ず守ると誓ったのでございます。この父の誡めは武家に生まれた者としてどんなことがあっても捨てることはできません。恐れながら勅命たりとも源氏との和解はお請けできません、というものだった」

父君は平家としての綺羅と武士としての名を惜しむ心情は「わかる、わかる」と念じるように唱えながら、

「わたしはもう一度、『承知せよ』と厳しく仰せつけようと思ったが、誰が告げたものか、この経

緯が石火の如く新摂政―当時の右大臣兼実―の耳に入ってしまったのだ。あの時宗盛が考え直してくれていたら、世の中は随分異ったものとなっていただろう。平家の者たちも惨めな亡霊とならずにすんだのではなかろうか。しかし両雄並び立たずだ。いづれは軍の火花が散るのだ。私の中で平家の人々の思い出が駈けめぐる。西海に落ちのびながら女房達が書き送ってくれた水茎のあとの美しい手紙のこと、和歌に親しんだ公達のことなどだ。自詠百首余りを書き留めた巻物を俊成に託したという薩摩守平忠度、定家を通じて勅撰集入集を依頼した平行盛、平経盛・経正父子も入集を望んでいたと聞く。せめてこうした平家の歌人達の遺した歌を勅撰集の中に『よみ人しらず』として入れて霊を慰めることにしよう」

別れるに忍びない人々の顔を思い浮かべながら話を続けられるのだった。

父君はしばし眼をつむられた。

「それにしても」

とやや怒りの表情に変って、

「人間とは奇怪なものよ、なあ。いつの間にか頼朝と兼実とは私の知らないうちに手を結んでいたのだ。すべての責任を私に押しつけて、後白河さえ落してしまえば我が意のままになると、どの手を使ってくるのか。しかし個性の強い二人が協力してやっていけるわけはないのだ。どちらかが立ち、どちらかが滅びるのであろう。その頃のことだ。私は精神が錯乱するほどの衝撃を受けて、堂に籠っていたのだ」

式子は父君のご受難の日々を思い、おいたわしく思った。次第に平常に戻られたが、父君のお心をお慰めしたのは、とりもなおさず和歌の道であったのである。帥権中納言から、「法皇をお慰め出来るのは、式子内親王様しかいらっしゃいません」と告げられた時、何のためらいもなかった。私がお相手をしていつものように和歌のお話が弾めば、父君は元気をとり戻して下さるに違いない、と心は落着いてきたのである。

若い心

醍醐・村上両天皇の時代の業績をご覧になり、法皇ご自身も和歌に携《たずさ》わって精を出すことが、世を鎮める一歩となることをいっそう確信されたご様子である。

「俊成の和歌の道に対するひたむきな考えは至当で危なげがない。勅撰集に携わる人物としてふさわしいと思う」

とおっしゃって言葉を継ぎ、

「ところで式子の所には俊成の娘が仕えていますね。亮子の御所にも。京極殿と言われる長姉は私にも仕えていた。清盛によって私が鳥羽に幽閉された時は親身になって護ってくれた。頼もしい姉妹だ。一途に主を思って働いてくれている」

父君はちょっと言葉をお切りになったがまた続けて、

「子息の定家は二十歳を少し過ぎたばかりで大人顔負けの歌を詠んでいるようだが、すでに父をしのぐ大器か、いやそれほどでもないのかわからない。ところで定家は姉たちの仕えるそなたの御所をたまに訪れているようだが歌に熱心な青年であれば、そなたの歌に憧れているのかもしれないね。式子の歌には若者を魅了する情熱がひそんでいるから、定家の足は自然とそなたの方に向いていくのかもしれない」

父君は定家に関心をお持ちのようである。

「定家の歌は早く大人になろうとして背伸びをしている歌のように思えるね。悪く言えば年寄りの境地に入って詠んでいる歌もあると思えるが……父の教えにしたがって歌作の勉強に励みすぎ、古歌の作法につきすぎてまず形から入っていった歌ではないのかね。式子は違う。歌を指導する人物がいつも側にいてきびしく躾《しつ》けられて出来た歌ではない。そなたは自分の心と真向い、溢れる思いを歌にぶつけている。それに答えてくれる相手がいない。いたにしても答えられる立場ではないのだ。つまり式子は孤独なのだ。それが式子の若さなのだ。生まれたばかりの赤子そのままに年齢を重ねて、強く抱きしめるとそなたは崩れてしまいそうだ。それを抱きかかえる自信がなくて誰も近づかないのだ。この父にはそう見えるのですよ。高嶺の花として讃え仰ぎ見るだけです。それがそなたの価値ある存在なのだ」

式子はむしろ低地の花でありたい、誰でも手に触れることが出来る存在ということは女性でなくても人の本来の素直な姿ではないのだろうか。しかし式子にはそれを拒む強い力が潜在していることもたしかだ。だから斎院を退下してきても、俗界の中で足の向く所はないだろう。視線の寄る所もない。父君は和歌に励めばおのずと道は展けてくるとおっしゃるけれどその道の扉は鋼のように固いのだった。

「定家はちょっと違う。もう老成した境地だ。私は若い時に立ち帰ったつもりで定家の歌を口誦んでみるが、どうも共感が湧かない。歌の心はわかるが情熱に薄いようだ。若い歌人なのにね。定家自身それを感じているかもしれない。しかし定家の胸の底には、疼《うず》くような青年の感情がわだかまっていて、噴出する出口を探しているのだろう。式子の所に参入してくるのは、それは式子の歌にその出口を見出だせないかと願っているのではないかな」

と父君はおっしゃる。

「私こそ胸の底に渦巻いてくすぶっているものを噴出させて、行く道をはっきりさせたいと望んでおりますのに」

式子が自分の気持ちを申し上げると、

「七十の齢に近づいた父俊成の境地に定家が達するにはまだまだ先の長い話だ。今は若者の悩みを歌にぶちまけるのだ。破天荒も若さの特権なのですよ。だが俊成の子息という立場にしばられて、破綻のない歌を目指すのだろう。しかしそなたは違う。若さの悩みを歌に盛りきれるまで盛りこんであふれこぼれている。定家ばかりではない。皆の注目するところであろう」

父君は式子の歌に惚れこんでおいでになるようだ。

「若い時から私は今様に熱を入れた。それは情熱のほとばしりであった。今様の朗唱は今でも続いているが老成の境地にはなかなか届かない。式子は根本から違っている。独自の表現というか、古い和歌の形式を守りながらそれを新しい表現にしてきらっと光るものがある。内なるものにひたすら耐えて訴える式子を、父は抱きしめてやりたい思いだ。次の歌に父は言葉がない」

とおっしゃり、姿勢を調えて、ちょっと声を落して朗唱された。

　ふるさとをひとり別るるゆふべにも送るは月のかげとこそ聞け

「式子は内に燃えるものを見つめながら、成長していくのですよ。和歌の功徳ですね」

式子は前が展けた感じがした。和歌は苦しいもの、しかしそれを通して先は開けるものなのであった。

「私の所に仕える定家の姉が、定家の歌をどんなものでしょうかと見せたことがあります」

　しぐれゆくよものこずゑの色よりも秋はゆふべのかはるなりけり

と式子は一首を低い声で朗唱した。

「やっぱり定家は式子の歌に憧れているのですよ。押さえることの出来ない若い情熱が定家にもあるのですよ。その若い心の内なる渦を苦しみながら歌い続ける式子に定家は深く心を寄せるのですよ。定家は生生しい声を唱いあげることが出来ない。老成した父俊成の教えに阻まれて、実感を押し包み、形だけの成熟した大人の歌になってしまうのです。しぐれていく四方の木々の梢の紅葉よりも秋の夕暮れがいっそう美しくなる静寂をあらためてみつめる姿ですね。二十歳を過ぎたばかりの青年歌人として考える時、定家はもう大人の風格ですね」

しかし父君は納得のいかないご様子である。

「青年というものはもともとまとまっていないのが当然なのです。聞くところによると人間定家としては未熟なところがあるようです。交友関係においてまた仕事上のことにしても短気で怒りっぽい面があるようです。決して熟慮型ではないらしい。今後心の均衡が破れた時、定家は歌を休み、納得がいった時又作歌を始めるだろう。その経過を見ていたいね」

と少し間をおいてから、

「しかし次のような歌は落着いた詠みぶりながら、若さの初々しさがあって私は好きですよ。養和元年四月の初学百首として詠んだ歌です」

とおっしゃって、

いづる日のおなじ光によもの海の浪にもけふや春はたつらん

風ふけば枝もとををにをく露のちるさへおしき秋はぎの花

と草紙の歌を朗唱された。

「若さ故の驚きがちらちら見えませんか。しかし落着きすぎています。何らかの破綻がほしい。今後どのように定家は進んでいくのでしょう」

勅撰集の編纂を期待なさる父君の御意気の現れを式子ははっきりと受止めた。

「定家の歌に収拾のつかない若者の悩みがあったならと望むのですよ。父の教えを固く守り、歌の宗家の子弟として、かくあるべしと信じて心にゆらぎがないからでしょう。私には迷いが常にあるので、側にいる式子も落ち着かず、その心が和歌に表れるのですよ。迷いは若さでもあるのです。ゆらぐ心を見つめて、一歩進むことです」

「定家の姉女別当が申しますには、定家は私の和歌に対する取り組み方に関心があるようですと、言っていました」

青葉のむせぶような気が御所の奥まで流れこんでいた。難しい和歌の対話が弾むにつれ息苦しくさへ感じられた。

父君はつと立ち上がって、後ろ手にして遠くを眺めておられた。

黙っておしまいになった父君は、現実に立ち直り、これから起り得る新しい事件や難関に対処する苦しさに早くも喘《あえ》いでおられるのかもしれない。

波の花

待ちわびて遂に成った勅撰集は、和歌の神がおだやかにいましてこの集が千々の春秋を送り、世々の星霜を重ねるに違いないと期待を以って『千載和歌集』と名づけられた。

後白河法皇の一番安定した仕事はこの集の完成であるかもしれない。

俊成は後白河院の御製を七首入集した。

巻第二春歌下二首めに次の歌が納められた。

池水にみぎはのさくら散りしきて波の花こそさかりなりけれ

俊成はまだ若い皇子の時に詠まれたこの和歌に本来の帝王の姿を見出だしたのであろう。皇子はその時帝王の意識はなかったものの、おおらかな帝王の資質を阻《はば》んだものは何だったのだろう。式子はおやと思って見直してみる。入集した七首のうち四首まで恋の歌である。

日を逐って増さる恋の心をおよみになった歌に、

恋ひわぶるけふの涙にくらぶればきのふの袖は濡れし数かは

こらえがたく苦しいほどに恋うて流す今日の涙にくらべれば、昨日までの袖は涙で濡れた数のうちに入りはしないよ。

とおっしゃっている。

女御として入内し、後に皇后となられた藤原忻子が初めて参内なさった後朝《きぬぎぬ》におつかわしになった歌、

万世《よろづよ》を契りそめつるしるしにはかつがつけふの暮ぞ久しき

万年と契り始めたしるしに早くも今日の暮までが久しく思われることだ。

久寿二年（一一五五）即位した天皇後白河の女御として入内した忻子は、閑院流の出身で、三年後に中宮となった。

また同じ時初めて参内された忻子に、朝まつりごとのいそがしさについ便りが遅れて、暮れてしまった夕方に御文をおつかわしになった。

今朝間はぬつらさに物は思ひ知れ我もさこそは恨みかねしか

今朝便りのなかったつらさで悟ってほしい。私もそのように不満を言いたくても言いかねていたのだ。

　思ひきや年のつもるは忘られて恋に命の絶えんものとは

かつて思ったことがあっただろうか。いやなかった。年を取ることはつい忘れて、恋に命が絶えることがあるものとは。

これは老後の恋のお心である。恋多き父君には、今は丹後局という思い人がいらっしゃる。

最も多く入集したのは、俊成の師である俊頼四十四首である。次いで俊成三十六首、西行法師十八首、頼政十四首と続く。女流の筆頭は和泉式部二十一首、紫式部九首、式子内親王九首、それは紫式部に劣らない式子の才能を示している。

まだ二十代の定家が八首もとられているということは、父俊成の定家にかける期待がいかに大きいかがうかがえる。

　しぐれゆくよものこずゑの色よりも秋はゆふべのかはるなりけり

この歌は先に鑑賞した。あとの歌を列挙してみると、

　冬きてはひと夜ふた夜を玉ざさの葉分けの霜のところせきまで

　しぐれつる真屋の軒ばのほどなきにやがてさし入る月のかげかな

　別れても心へだつな旅衣いくへかさなる山路なりとも

　しかばかり契りし中も変りけるこの世に人を頼みけるかな

いかにせむさらで憂き世はなぐさまずたのみし月も涙おちけり
いづくにて風をも世をも恨みまし吉野のおくも花は散るなり
おのづからあればある世に永らへて惜しむと人に見えぬべきかな

俊成は、「別れても心へだつな旅衣……」の歌を巻七離別歌のしめくくりに据えている。お気に入りの歌であったようだ。

次に式子の歌九首は、

ながむれば思ひやるべきかたぞなき春のかぎりの夕暮の空
神山のふもとになれしあふひ草引きわかれても年ぞへにける
草も木も秋の末葉は見えゆくに月こそ色もかはらざりけれ
動きなくなほよろづ世ぞ頼むべきはこやの山の峯の松風
はかなしや枕さだめぬうたた寝にほのかにまよふ夢の通ひ路
袖の色は人の問ふまでなりもせよ深き思ひを君し頼まば
みたらしや影絶えはつる心地して志賀の波路に袖ぞ濡れにし
ふるさとをひとり別るるゆふべにも送るは月のかげとこそ聞け
さりともと頼む心は神さびて久しくなりぬ賀茂のみづ垣

斎院時代の十年間は決して短い期間ではない。父君もおっしゃっていたがお歌の中に神の姿がない。これはどういうことなのだろう。

萩の枝の露

勅撰集『千載和歌集』の内容をいち早く知ることが出来たのは定家であったと言える。父俊成が撰者であったからとは言うまでもない。

定家は自分の如き若輩が、かかる栄誉を受けたことに感激した。老大家の歌に混って堂々と八首も入集したのである。父の恩を思い、それに伴う各方面からの恩恵に涙した。

明けても暮れても文机に向かって我が歌を凝視した。やがて他の人の歌に目がとまり、朗唱してみる。気になるのは式子内親王である。お歌を書き出して吟詠してみる。何やら自信がゆらいでくるのだ。

内親王の歌の何に魅かれているのか、あらためて考えてみる。

内親王のお歌は肉声であり、我が歌は作り物の感じがして、みじめになる。おそれながらお歌によってお心の内を打ち明けられたような感動をもって我が歌を見れば、なるほど我が歌もまづくはない。まとまっている。だが今は、あそうですか、とばかりで自分でも不思議なくらい感動が伴わない。この歌はどこで実感したのか源泉がない。行きつくところは老大家の侘びの歌の模倣であった。また紫式部が著わすところの『源氏物語』の世界の借り物にすぎないものもある。

内親王のお歌だって借りものの詩境に身をおいて詠まれているものがある。だがしかとした身内からほとばしる声がある。それが人を感動させるのだ。

いかにせむさらで憂き世はなぐさまずたのみし月も涙おちけり

自分はこんな歌を作って恥かしい。破り棄てたいくらいだ。父はどうしてこのような歌をとったのだろう。二十代の定家は、

はかなしや枕さだめぬうたた寝にほのかにまよふ夢の通ひ路
袖の色は人の問ふまでなりもせよ深き思ひを君し頼まば

この内親王の二首によってその内面にもっと深く触れたいと思う青年なのだ。また短気で喧嘩ばやい青年でもあるのだ。老成の境地など嘘ぱちなのである。

定家は父俊成に伴われて三条高倉の萱御所に伺った日のことを思い出していた。もう七年も前になるけれど、内親王の印象は今なおお鮮やかに瞼の奥に思い浮かべることが出来る。

俊成は子息定家の歌人としての出発に大いなる期待と望みをかけていた。俊成は齢七十に近く、少しでも元気なうちに定家の前途を見届けておきたかった。幸い俊成の女子が内親王家に仕えていて、ご主人の御覚えも格別良い様子であった。

お目通りを許されて俊成・定家の親子は威儀を正して参上したのであった。俊成の女子である女別当が、父子に落度がないように気を使ってくれた。

定家はやや上目づかいに尊敬する内親王を見上げたが、冷ややかに見据えていらっしゃるようなお目に見えて、神妙に頭を低くした。身体中が冷えて神経のみ尖った。

定家の胸には内親王の優しさしかないので、その張りつめた冷ややかさにたじろいだ。恐いお人

のようだ。人の噂の通りかもしれない。

定家は自分の歌の才能を過信して、いつも言われているような褒め言葉を期待していた。内親王は歌に関してはそのような甘い人ではなかった。

内親王は先におっしゃっていた父君のお言葉がお心にあって、定家への言葉をさぐっておられたのであった。作歌の上でも人は早く老成してしまってはいけない。老成にたどりつくためには時間が必要なのだと思っていらっしゃる。

「うちに仕える女別当の話では、よく学問をなさるそうですね。その成果のよく表れたお歌をお詠みになっていますこと」

と内親王は一言ぽつりと言われた。これでは褒められたことにならないし、励ましのお言葉でもない。定家は不満であった。

十歳以上も年上でいらっしゃる内親王の和歌に対する慎重なご様子に定家は頭の下がる思いになった。

晩年の子である定家が、父亡きあと内親王の厚い待遇が受けられるように願って今日の俊成・定家の参上であった。

定家の将来は期待はしているが、まだまだ未知数なことは、和歌に今なお苦心する俊成の重々承知のことである。

内親王のお歌に引きつけられている定家は、内親王の内からほとばしり出るお声を聞く思いで、親しくお慕いしているのである。定家はふっと自分にだけ聞えるお声のようにうぬぼれてしまうことがあった。御肉声の聞える歌を定家は考えながら、内親王のお目と向かい合った。たとえ借り物の表現でも、内なる声の聞える歌を考えるべきだと思いながら。

内親王のお歌のように表現もさることながら、内なる心を見つめることはもっと重要なのだと思いながら内親王を見守る自らの目が和んでいくように感じた。

内親王は御自分の内奥をみつめ、静かに噴き出づる声を綴って和歌にしていらっしゃる。その究極のものだから、人は共感する。大なり小なり悩みは人につきまとうものだから、永久に人は内親王に思いを寄せ、お歌を口ずさむことは絶えないであろう。つまり永遠に新しいお歌なのである。

定家は内親王が言葉としておっしゃらなかったものをこのように解釈した。

自分の歌は作りものである。古歌をなぞり、その情景を思い浮かべながら自分の型の中に三十一文字を組み入れる。それは血肉の通わぬものなのだ。良い歌は何首かはあると思う。

しぐれゆくよものこずゐの色よりも秋はゆふべのかはるなりけり

いづくにて風をも世をも恨みまし吉野のおくも花は散るなり

この二首は技巧ばかりではなく、心も通っているのではなかろうか。だが、

別れても心へだつな旅衣いくへかさなる山路なりとも

いかにせむさらで憂き世はなぐさまずたのみし月も涙おちけり

この二首などは技巧は陳腐であるし、若者の心など微塵もないではないか。

定家はあらためて『千載和歌集』の我が歌を思い直した。自分はまだまだ若いのだ、と思う。達観した歌を作るのはおかしいし、集に採り入れた父俊成も急ぎすぎたのではあるまいか。

内親王は晴れぬ迷いに苦しみ、定家は迷いがあるのかないのか、漠然とした中で達人ぶって詠歌する。これらの歌はすぐ人に忘れ去られてしまうだろう。

多分内親王のおっしゃりたいことはこういうことに違いない、と容易に口をお開きにならない内親王のお胸のうちを拝察する定家であった。

心に納得を得た定家は、内親王は言葉に出せない御胸のうちを、移り変る草木の姿を見つめることによって、来し方を再度見つめ直し、納得のいくまで考えて、内より出づる言葉によって和歌に表現なさるのだと考えた。

さきほど父俊成と御所の御門をくぐってくる途中、萩のしだれる枝に玉を貫くように露が並んでいた。今にもこぼれ落ちそうな危うさであった。ふと足を停めた時、箏の音色が聴こえた。たぶん内親王の奏でる音色であったのであろう。

箏の音色に聞き入りながら萩の枝の露が光に照らされながら滑り落ちそうになるのをみた。しかし露は下には落ちずとどまって安定した。しかも風にゆれると色が変った。

これぞ内親王のお姿ではないか。壊れそうで壊れない。落ちそうで落ちない。やがて静まって風に委せ、色を変えて輝やく。

純粋である故に内親王は孤を守る。孤は叩かれやすい。壊れやすい。今は孤立を守っておられるけれど、その弱い立場を利用されて苦境に陥いれられることもあるのでは。

定家は今は見えない黒い影がそこにあるように思った。その時自分は内親王をお守りせねばならない。自分の和歌の指標の一つを定家は内親王に見ているのだ。内親王が倒れたら自分の歌を考える核心が空になるのだ。

踏み止まって何かを思索している定家を父俊成が振り返ってじっと見つめていた。

十　末葉の露

法王崩ず

平家を押さえて天下を制圧した源頼朝は、焼亡した六条殿を造営して再建し法皇にお移りを願い、忠実ぶりを示していた。この上は征夷大将軍に任ぜられること、更に大姫を入内させて権威を天下に示したかった。また法皇の寵姫丹後二位局におもねることも怠らなかった。

兼実が自分に近づいて、復調を図っている、ということを苦労人の頼朝は察知していた。が兼実は実行力のないひ弱な人物であることも見抜いていた。いちおう裏で兼実と手を結んで法皇に当たることを頼朝は考えてみたものの、頼りになるとは期待していなかった。

法皇はかねてから何かにつけて意見の合わない摂政兼実と対立しておられた。その兼実と頼朝が裏で手を結んでいるということを知ってからは、頼朝が奏上してくる政治のあり方にも兼実の陰湿さが脳裡にちらついて不快であった。

法皇が押して位につけた後鳥羽天皇は高倉院の第四皇子で、建久元年（一一九〇）には御年十一歳であった。頭脳明晰で諸芸に秀でていた。何によらずこうと決めたら果敢に行動する頼もしい若い帝であった。混迷の気配はなくすべて陽《おもて》に表れた。

その帝の気質が吉に出ることを法皇は信じた。若い帝は足音高くこの国を導いていくに違いないと明るい希望があった。気に入らぬことが一つあった。それはこの帝の中宮が宿敵兼実の娘任子であることであった。そうなることは摂関家が今なお厳然と存在する以上、宿命であるに違いない。しかし、兼実の場合は心を許して任せておくわけにはいかぬのだ。

彼の場合、陰気な眼で法皇を見つめ、堂々と表には出てこず、法皇を批判するだけなのだ。この度はこともあろうに、法皇をむこうにまわして、頼朝と時局打開の策と称して手を結んでしまったことだ。まあ見ているがよい。頼朝は大姫を入内させたがって、内密に二位局にまですり寄って、その意を伝えようと迫っているが、兼実は邪魔をして壊してしまうであろう。彼のやりそうなことだ。

一方兼実は中宮に入内させた任子の生む皇子が必ず即位して、外祖父兼実の名を挙げてくれるに違いないと笑いが止まらぬであろう。

しかし、そうやすやすとその手には乗らぬ頼朝であるはずである。三十四歳で挙兵するまで機の到来するのを、伊豆の山の中で、じっと耐えて待っていたその根気には恐ろしいものがある。

その二人の暗躍の中で、若い帝は、怖いもの知らずの無謀とも思える行動を、汚れのない感性で乗り切っていくに違いない。案外それが功を奏するかもしれぬ。

法皇は自分も飾らない平民的な感性を迎え入れられて期待された若き日の帝王時代を思い出した。だが年を経て老獪な帝王と印を押されるようになり、屈辱の時代を送る羽目になった。何がそうさせたのか。帝王としてあれこれ模索の結果であったがすべて裏目に出た。

今の若き帝がどのようにこの荒波を乗り切っていくかが問題である。あの溢れんばかりの若い感性が、朽ちて老獪にならぬように祈るばかりだ。だれが補佐役になるのであろう。

自分はもう退いた方がよいのだ。法皇は素直な気持ちになり、先の見通しを明るく持った。すると心は静かになり、ほほえましい思いが湧いてきて、穏やかな眠りにつくことが出来た。

あれほど旺盛に知力を働かせて、おつむを巡らせておられた法皇だったが、建久二年（一一九一）の暮れごろからお身体の不調を訴えられるようになった。

年が改まって建久三年正月三日、浄土寺二位殿より宮達に伝言の使いがきた。

法皇の容態が芳しくないとの知らせであった。

式子内親王がかけつけて父君のお部屋をそっと伺うと、姉君の殷富門院が御枕元に、少し下がって宣陽門院と前斉宮が跪き、向い側には浄土寺二位の丹後様が端座しておられた。

丹後様のお召物は、紅梅の薄《うす》匂《におい》の九襲ねのもので一重の上衣は父君がお好みの織物であった。この期に及んでも余裕のある丹後様のお姿であった。

式子は父君のおそばに寄って、額に手をあてようとしてはっと気づき、掌の冷たさで目をさまされることがないように、両掌をすり合わせ、一度自分の額に手を当てた。

「お熱はございませぬ」

との、二位殿のお声は威圧的であった。

式子は気をとり直し、

「どのような夢をご覧になっていらっしゃるのでしょうね。今、笑みを浮かべられましたわ」

と姉君に声を掛けると、

「さきほどは唇を少し開いて歌をおうたいになっていらっしゃるようでしたわ」

と告げた。

「ほらまたおうたいになっていらっしゃいますわ」

姉君は父君のお口元に耳を当てた。

式子は心地よさそうに夢を見ながら父君がおうたいになるのは、どのうたであろうかと考えた。

式子が賀茂の斎院に卜定される前は父君と母君を囲んで兄弟姉妹の団欒の時によく口ずさまれたうたを思い出した。

　遊びをせん　とや生まれけむ
　戯れせん　とや生まれけむ
　遊ぶ子供の声きけば
　我が身さへこそゆるがるれ

今、考えてみれば式子は幼い時はとっさに意外なことを口走って父君や母君を笑わせたり、うろたえさせたりしたものだった。あっ、いけないことを言ってしまったようだと気がついて、口を押さえて逃げ出したこともある。しかしその言葉はいつか誰かが口にしたもので、頭の片隅にひそんでいたものが無意識のうちに出てしまったのである。

「ちょっとそこを通るおねえさん」

とある時若い女房に声をかけたことがある。父君は呆気にとられたように式子をご覧になった。それはいつか父君がおっしゃった言葉で、その軽い調子が快く頭の一隅から飛び出してきたのである。

父君はくせのように膝をたたいて韻律をととのえながら、今様をおうたいになっていた。父君は幼い式子を引きよせて膝のうえにお乗せになり、上機嫌でうたいだされるのだった。そのうち、

仏は常にいませども　現《うつつ》ならぬぞあはれなる　人の音せぬ暁に　ほのかに夢に見えたまふ

の歌謡に、おごそかな気持で耳を傾けるようになった。式子はその頃から少しずつ考える少女になり、口数が少くなったように思う。

暁しづかに寝ざめして　思へば涙ぞおさへあへぬ　はかなくこの世を過しては　いつかは浄土へ参るべき

父君のおうたいになるお声がやや沈んで反省的なおもむきがそなわってきたように思う頃、式子はもう父君のお膝によることもなくなり、内面的な父君のご様子の一部が気になり出した。父君を

眺める態度が変わってきたように思う。

　考えてみれば和歌にとりつかれるようになった初めの頃である。新しい式子が生まれたのである。和歌の魅力が変え別の式子がむくむくと頭を持ち上げてきて、新しい式子が生まれたのである。

　生来父君は賑やかなことがお好きであった。肩の凝らない娯楽を好まれ豪華な絵巻物に興味を示された。その風潮は貴族や上流社会の一部に浸透していた。

　式子の母君の出自である閑院流は幾人かの女子が入内するという貴族きっての名門なのであった。すなわち閑院流三条家の実行の女子は鳥羽院の女房で覚快法親王の生母であり、琮子は後白河院の女御である。徳大寺家からは実能の女子が鳥羽院春日局の御方で頌子内親王の生母となり、育子が二条天皇の中宮、多子が近衛・二条の二代の后、そして忻子が後白河天皇の中宮に立った。閑院流の璋子は鳥羽天皇の中宮となり後白河院の生母である。そして成子は上臈播磨局で四の宮雅仁《まさひと》（後白河）の宮人となって六人の子女を儲けたのである。

　閑院流の男子達も誇り高い貴公子で、歌人として三条家の実行とその子孫に数名、徳大寺の実能とその子孫に四名ほど、また別の流れに二名ほどがあった。

　閑院流の系列の式子が和歌の土壌に育まれて、素質を形成していったのは当然のことと言える。だが当事の歌人達の目指した和歌とは異質のもので、式子の和歌には、人間凝視の目があり、自己を見つめる深い思いがあった。

それは、父君後白河院の、庶民の姿を広く歌謡の中に見つめて共感する、人間重視の形と重なる。だが権力を握る貴族の多くはその後白河院を理解できなかったのである。父君は和歌に対する式子の熱意に信仰的な崇高さを理解なさると共に、今様をご自身の誓願にまで高めておられた。その後白河院を貴族の筆頭である、時の摂政兼実が理解できず協力しなかったのであるが…

「般若経をば船として……」

父君のお顔をしげしげと見つめながら、姉君がうたい出された。この四・五日、父君がよく誦しておられたおうたである。

式子はかすかに動く父君の唇に合わせて、姉君と静かに声を合わせた。

……法華経　八巻《はちまき》を帆にあげて
軸《ぢく》をば檣《ほばしら》に、や、夜叉《やしゃ》不動尊に梶《かぢ》とらせ　迎へたまへや罪人を

このおうたを父君が口ずさまれる度に、式子はお目をみつめて、父君は罪人ではございませんわと、心の中で叫んでいた。父君のお声はとぎれることなく澄んだ響きで続いていた、曽ての日を思い出した。そして父君は式子の目に応えながら、軽くうなずき、何事も我が胸に納めるように穏やかなお顔であった。

姉妹のひそひそ話や歌声にも目を覚まされず、父君の夢はうつらうつらと続き、お口もとはかすかに声を響かせておられるように見えた。

法皇の病状は日に日に悪化した。食欲が落ち、足や腹部の腫れと痛みはいっこうに減じる様子はなかった。何よりの慰めであった皇女たちとの和やかな語らいもなくなった。仁和寺から駆けつけた守覚法親王の平癒祈願の読経も空しく建久三年（一一九二）春三月花の盛りに遂に閉眼された。

御年六十六歳であった。

定家の悲しみ

藤原定家は殷富門院・式子内親王の両御所にそれぞれ仕える姉達から、法皇崩御後の法事次第など情報を精しく入手していた。

御七七忌の終りの五月二日までは一日も欠かさず仏事が修されるが、その日を期に宮達はそれぞれご遺領として配分された邸にお移りなさることになっていた。

六条殿を去る最後の日、宮達はねんごろに父君の霊をなぐさめる法事を行なった。殷富門院は泰経卿邸に入御のため六条殿を後にした。衣服をあらためて定家も騎馬で、公卿・殿上人多数にまじって供奉したが、式子内親王のお供に参加しようと急ぎ引き返した。が六条殿はひっそりとして、御殿を守る人々はどこにいるのか、仏間に燈明がかすかに点り、時に大きく炎がゆれた。それは法皇が恨みを訴える仕草の如くに定家には思えた。居残っていた一人が影の如くに現われて、「式子内親王は騎乗した殿上人に供奉されて、民部卿経房の吉田の邸に遷御されました」と告げた。

定家は式子内親王が威儀を正し、晴れて大炊殿にお移りなさるものと思って山車を献じていたのである。定家の意が内親王に通じなかったのだろうか、定家は空しい思いがした。

定家は深くお慕いしていることをご承知と思われる内親王が、差しのべる我が手を振りはらって、するりと身体をかわしておしまいになったということが身にこたえた。といって法皇という月がかくれて、闇路に迷うことがあっても内親王をお助けする実力があるわけではない。財力は乏しく官位は低く家柄は一流ではない。

父君崩御のあとは、父君の亡霊と向き合って、内親王の生身は殻になり、精霊のみが宿る冷めたお身体で、内から絞りだすように、お歌を詠み続けられるのだろうか。思えばぞっとするほど怖い世界である。それならそれでもよい。自分はその影をお慕いして、人のあとについてはいても、心だけは自分が一番先頭に立っていこうと思う。たとえ御影でも絶対に踏まず、生涯かけて大切なものとしてお守りしようと思うのであった。

暮るる間も待つべき世かはあだし野の末葉の露に嵐たつなり

内親王は末葉の露に我が身を譬えて、これからを案じておられるのだ。あだし野に在るようなまがまがしい我が身に降りかかる嵐を予感しておられる。どんなことが内親王の御身を襲ってくるのであろうか。定家は身震いする。

そうして内親王は、

しづかなる暁ごとにみわたせばまだ深き夜の夢ぞ悲しき

藤原定家（『集古十種』第一）

西行法師（『集古十種』第一）

と詠む。

深い夜の悲しい夢とはどのような夢なのであろう。いつか襲ってくるかもしれないまが事の予感が内親王の御身を縮めているのだ。しずかな暁が決して瑞兆には映らないのだ。

定家にはそのような予感はないし、まがまがしい夢に怯えることもない。作歌の出発点から違うのだ。

作歌の孤影

定家が歌を詠む姿勢は古歌の心を体得し、姿は優美に、思想は幽玄を究極のものとした。己れの前にいる目標の人物は一人ではなかった。しかし今自分にふさわしい一人の師と歌がついて離れずその人にならって一首の自分の歌を詠み上げるまで昼夜離れなかった。
歌を詠みはじめたころから今まで、若いに似ず名士顔負けの歌を詠むと評価され続けた。そのためであろうか、今まで自分の歌を半ば陶酔的に見ていた。若さゆえとは言うものの恥ずかしいことであった。落ちついてみると、このごろは我が歌が他人の作のように、空々しく見えることがあるのだった。内親王のお歌には内親王その人のみがある。たとえ古歌の心やその一部が詠みこまれていても、本歌の作者は姿を消し、内親王の姿だけが浮き彫りにされる。
定家といえば例えば三夕の歌で言うなら寂蓮の、
　さびしさはその色としもなかりけり真木立つ山の秋の夕暮

西行の、

心なき身にもあはれは知られけり鴫立つ沢の秋の夕暮

それに比べて、

見わたせば花も紅葉もなかりけり浦の苫屋の秋の夕暮

の己れの歌は奥が浅く、味わうに耐えられるものではない。

我が歌は脱ぎ捨てても惜しくないやぶれ着のようなものであり、内親王のお歌はどの歌も捨てることの出来ない綺羅《きら》そのものなのだ。

定家の父俊成は複数の妻たちとの間に二十数人の子女を儲けていた。それを養うのに、あまり裕福とは言えない俊成だったが、あくせくと金策に頭を労するわけではなかった。その分妻達の働きが大きかったと言える。以来俊成の子は女性も知力に秀で、主家に仕えてはなくてはならない女房となった。禁色を聴された女子達は十三人にもなっている。

末子の定家は、両親の愛を受け、長じては主家の信任の厚い兄姉達の支援を受けて、和歌の勉学に励んだのである。すべて良い方に運はめぐってきた。勿論本人の努力の賜物でもある。だが大事なときは転ばぬ先に両親・兄姉・先輩のご恩を蒙っている。

お身内の縁のうすい、ひ弱な内親王は、お若いうちから呪詛の風聞に禍されて、居所も定まらず、逃げ場のない魂は傷つき、独りで耐えてこられた。

定家は安全という星の下に、平然と坐して寵児の待遇を受けてきた。

心の奥の深さは気づかぬうちに大きな差を生じてしまっていたのだ。これはどうしようもない運命というよりほかはない。

後白河院の崩御は大きな時代の区切れともなった。主上はまだお若いが院政を引継がれるご身分の御方はおられない。禅門平清盛の時代より未曾有の激変の世相をくぐり抜けてきた多くの人々は、時勢はこうなって行くと予告はできぬまでもきっと動いていく、必ず動き出す者が出て来ると確信し、明日の明暗に目を凝らした。

十一　大炊殿の春

巌の中

関白九条兼実は、大いなる後盾であった後白河院を失った式子内親王を軽く見て、内親王がご遺言で頂いた大炊殿を、言を左右にして明け渡そうとしなかった。関白の言い分は、故院から大炊殿を拝借した時はひたすら叡慮より出でたもので、気のすむまで使用せよとの忝けない仰せであったというのである。

内親王は、後見の民部卿経房の勘解由小路の邸に仮住いをしていた。いくら経房がねんごろに世話をしてくれていても、所詮仮住いでは不如意な日々であった。

式子は身も心も疲れはて、気だるい身をかこちながら、心から理解して下さった父君の御面影を偲びつつひっそりと暮らすよりほかなかった。他の皇子や皇女方のように、ともすれば形式的になりがちな仏事も営まず念仏を修することもなかった。

まばらなる柴のいほりに旅寝して時雨にぬるるさ夜衣かな

父君が清盛によって鳥羽に幽閉されておられた時にお詠みになったお歌である。

知力をめぐらせて旺盛に動くお方であったが時には的がはずれて危機に陥ってしまわれることが幾度もあった。人前では弱音を吐かないお方であったがこの時は、頼りになる臣下はお側になく一人涙にくれておいでになったお姿を、式子はこのお歌の影に偲ぶのである。

ご病が重くなって床につくことが多くなられたころだった。式子がお部屋に伺うと、父君はこのお方がご病気なのかと疑われるほどににこになさって「よいところに先生が来られた」とおっしゃるのだった。和歌については式子の方が先輩だという意味なのだった。はじめて「先生」と呼ばれた時は当惑し、はにかみもしたがもう三度目なのでほほえんでお側に坐した。よいお歌がおできになったのだとお察しした。

露の命消えなましかばかくばかり降る白雪を眺めましやは

露の命が消えないでいてくれるものならばこれほど惜しんで降る白雪を眺めるだろうか、眺めはしないよ。派手で賑やかなことがお好きであった父君が、晩年には命あやうく儚いものに目をむけられていたことに式子は気づき、新しい父君を発見したように思った。

大仰な今様のお遊びなどを少しひかえて、白雪を見つめるようなきめこまかなお心づかいで事態を処していかれていたら、お治めになる世の中はもっとまとまって平穏に推移していっただろうか。式子にはどうとも言えなかった。父君はあれこれ緻密に神経を使って計画を練っておられるようだったが大方はちぐはぐで、結局、事は実らないことが多かったのだ。

思い出せばこんな悲しいこともあった。崩御の四ケ月ほど前のことであった。このころは御病いはかなり悪くなられていたので御所の六条殿に姉の殷富門院らとともに起居を共にしてお看とり申し上げていた。或る夜、式子は見てしまったのだ。

御病いは進み、腹部は妊婦のように大きく腫れた父君のお側に巫女達が侍り、厄払いとて陽剣とやらの遊戯に耽《ふけ》るという愚行を演じていたのだ。

物音を聞きつけてお部屋に参った式子は目をおおって面を伏せた。春除目の中日で、朝廷の職事が人事にかかわることで院の裁可を頂きに参院していて、この狼藉ぶりを目のあたりにして立往生してしまった。

このことが漏れませんよう式子はひたすら祈った。だが詮ないことだと諦めた。

このような殿方の愚行はまま聞くことはある。それが父君のことだから、泣き伏したいほどの悲しみなのだ。

これはどうしようもない父君の性なのだろうか。式子にとって優しい父君だったが、このことばかりは我が身が恥ずかしめられているような忌まわしい思い出である。そして式子は何事も振りすてて厳しい和歌の世界にのめりこもうとするのだった。

父君の優しかったお姿のみ心に描くことにした。冷静でさめた目もお持ちであった。例えば遺領の処置についても皇子皇女の配分は公正で、不満や紛糾の起こらぬように実に公明正大に明記されていた。誰もがあの院が、と感心したものである。

池水にみぎはのさくら散りしきて波の花こそさかりなりけれ

お若い時の父君のお歌である。透明な感性を素直にうけとめて、散る桜を側面から描写していらっしゃる。桜の美しさを真向うから捉えずそれでいて桜の美を拡大して見せている。お若い時から和歌の技法も会得しておられたのだ。

美や真実を探索する一途な父君が野放図な暗愚な君と呼ばれ、時には軽蔑されもした。父君自身こうした不思議に変身する御身をもてあましておいでになったに違いない。父君のことを深く考えていると嫌悪の部分は消えて、熱い思いでもう一度お話がしてみたいとしみじみ思う。父君を偲びながら、月日が止まってしまったような静かな日常が続いた。式子は和歌を、信仰でも救いでもなく淡々と詠むことが出来た。

さむしろの夜半のころも手さえさえて初雪しろし岡のべの松

日数ふる雪げにまさる炭竈《すみがま》のけぶりもさびしおほはらの里

式子は淋しさを越えて澄みきった心境であった。しかしやりきれぬ孤独にさいなまれる折もあった。

積りぬる木の葉のまがふ方もなく鳥だにふまぬ宿の庭かな

桐の葉もふみ分けがたくなりにけり必ず人を待つとなけれど

後見の民部卿の邸の中に籠ることの多い式子は心をぶつけ合う友もいないのである。だが立ち直って、

天の下めぐむ草木のめもはるにかぎりも知らぬ御世の末々

と、世が平和になり、父君が遂に実現させることが出来なかった、この芽ぐむ春のような穏やかな天下が訪れることを祈りながら、今の若い帝を寿《ことほ》ぐ日もあった。

式子は姉君殷富門院の落飾二年後に、異母弟道法法親王により十八道戒を受け、出家した。四十五歳であった。

憂きことは巌《いはほ》の中も聞ゆなりいかなる道もありがたの世や

出家後も式子の心を悩ますつらい俗事が聞こえてきた。どのような道を行くにしても難しいこの世である事よ。固く門を閉ざすことが多く、冷たく暗い巌の中のような生活をしていても……。人間的な美しさを求めて、それを貫こうとすれば式子の生活は閉鎖的になりがちであった。出家をし、巌《いはほ》の中のような生活をすることが、自分の安住の場所だと思っていたのだが。木の下の暗闇に目を凝《こら》して式子は詠む。

にほひをば衣にとめつ梅の花ゆくへもしらぬ春風のいろ

ながめつるをちの雲ゐもやよいかに行方もしらぬ五月雨の空

幾度も「行方も知らぬ」と詠まねばならない不安定な式子であった。

妖言事件

潮を湛《たた》えて海が一時凪ぐ如く、後白河院崩御後の世は、静かに鳴りをひそめていた。しかし野心家の眼はあちらこちらで光っていて不気味であった。

関白兼実・大納言源通親・源頼朝の三者は派を集め、策を練って覇者となるべく動き始めた。

政治不在のような世の中は、不気味な静けさの中に、汚泥のようなものが沈澱していた。

定家はぬきさしならぬ事態になりそうな一つの不安を抱えて内親王の御《おわ》す勘解由小路の経房の邸に急いでいた。

院崩御四年後の建久七年（一一九六）三月頃のこと姉の龍寿御前の姿を求めて庭に回った時、後見経房が池のほとりに佇んでいるのを見かけた。足早やに近づいていくと経房がふり返った。

「よい所にこられた、一人で考えあぐねていたのだ」

ほっとした表情を見せて経房はほの暗い樹木の下に定家をさそった。そして二人は庭石に腰をおろした。

「この度の兼仲の妻のふり撒く妖言のことでございましょうか」

と、定家は声を落した。

式子の母君播磨局の出である閑院流の三条家公時に仕える兼仲の妻は、後白河院時代をなつかしんで、あやしいことを言いふらしていたのだ。故院が兼仲の妻にとりついて、

「我れ祝へ、社をつくり、国よせよ」

と仰せられているというのだ。父君を慕う式子がこの兼仲の妻に同意して肩入れをしているという風評もかなり広まっているらしいのだ。

後白河院に近侍しその後は浮かばれずにいる公卿や、公卿ならずとも院に親しく出入りした巫女・呪師・細工人等遊芸に長《た》けた人々は後白河院時代を取り戻そうとして、兼仲の妻に同意した模様である。

今は父君の御最後の微笑をたたえたお顔のみを胸に描いて、ご冥福を祈る式子であった。

あのおだやかなお顔は、長い年月世にあって、政治も遊芸もご趣味の今様の研究にも力を出しきって、良きも悪しきも結果は言わず、とにかく全力で駈けぬけた御身をいたわって、静かに休ませてほしいと訴えておられたと思う。今またこの世に戻ってきて苦労を重ねる余力はない父君である。

そう思う内親王を憎悪して、後白河院時代を夢見て反逆を企てる一味として、式子内親王を追放しようとしている陰の人は誰か。旧後白河院のまわりの人々の勢力の衰えた人々など物の数でもないはずである。あの無力な内親王をけむたく思っている人とは誰であろうか。

「困った問題に発展してきましたね。問題が大きくなれば、内親王追放の件にまでなってしまいます。今のうちになんとかしなければ」

内親王の身を案ずる経房の額の皺は深かった。孤独な内親王が弱い立場を利用されて、いつか苦境に陥るのではないかと、定家もまた危惧した者の一人であった。

「内親王は早く大炊殿にお移りになりたいでしょうに、関白殿はなかなか明け渡されませんね」

と定家が言えば経房は重い口を開いた。

「それは、美邸である大炊殿は関白家の迎賓館ですからね。鎌倉の頼朝殿と手を組んで、政界一の人となって活躍するには、威厳を示すためにも大炊殿は必要なのです。内親王が父君の遺領配分によって譲渡された御所と承知していても今幾年かはお借りしたい関白の気持はよくわかります」

経房も定家も、主家である関白殿に表だって抗議は出来なかった。内親王を追放したくなるほどけむたく思っているのは関白兼実だ。経房と定家は顔を見合せた。

内親王を救うために二人は懸命な努力をした。有力な支援者に助けを求めた。おかげで内親王追放の処分は辛くも免れた。

ほっと一息ついたものの疲れを全身に感じた。式子は亡き父君のご加護を信じていた。しかし禍は重なった。

式子が身を寄せている経房の勘解由小路の邸は関白兼実が今なお居据っている大炊御門殿の艮《うしとら》の方に在って車を使わずとも行ける間近な所にあった。関白は目覚めれば暁鐘が勘解由の方から聞えてきて不快であり、式子は毎夕大炊殿の大屋根に沈む夕陽を眺めてやるせない思いであった。

ある夜、勘解由の経房邸で、ま夜中というのに突然鶏が鳴き出し、夜明けに雷が鳴った。経房の邸にただならぬ人の出入りがあって、「鬼門に当るこの邸より直ちに立ち去るべき人が居る兆し」とて、主客共に進退を明らかにせよときびしく問い詰めてきた。困惑しきった経房は定家の姉の女房龍寿御前を物陰に呼んで苦衷を語り、どこか内親王の転居先を探すよう頼み入った。一夜おいて龍寿はひそかに昔住んでいた七条坊門の小屋に渡し奉った。四、五日して定家は七条坊門に伺った。内親王はお熱のせいかむつかしいご様子で一言も仰せられなかった。定家は内親王のご運もついに尽きるのかと涙のこぼれる思いがした。

兼実の反省

兼実は大いなる活躍の場が我が行く手にあることを信じた。その兆が見えてきたのだ。帝の中宮である兼実の娘任子が懐妊したのである。兼実は皇子誕生を信じた。運命はこの一事にかかっていた。兼実は皇子誕生祈願にあけ暮れた。

明かるい見通しの中で心に余裕を持つようになった兼実は、院の残された『梁塵秘抄』を繙いてくつろぐことがあった。

常に消えせぬ雪の島　蛍こそ消えせぬ火は灯せ　しとどといへど濡れぬ鳥かな　ひと声なれど千鳥とは

兼実は独り笑いをした。洒脱なこの千鳥のうたはご機嫌のよい時、院が小声で口ずさんでおられたものである。しかし院は、このような笑顔を後には兼実には容易にお見せにならなかったことを思い出した。

あれほどお盛んであった院の今様の趣味は、にぎにぎしさからすさびの域に達し、次第に研究、そして追究へと進んでいったのだがまた様子が一変してしまうことがあった。遊女とも言われる傀《く》儡《ぐつ》を御所にまで呼び寄せて寝食を共になさるのだった。

傀儡《くぐつ》に歌わせ、舞わせて、御所の灯は終夜あかあかと点っていた。人々の歓声は一休みして、また昼日中も絶えないという始末。

後白河院は今様を神社・仏閣に奉納する時も傀儡を供になさるのだった。

兼実はこのような遊びは嫌いであった。やっぱり院とは生き方が違うのだと、残念だが諦めるよりほかなかった。貴族の面目に固執し続けた、貴族中の貴族兼実は院に背をむけた。

兼実は批判の目をますます強めて院を見据えるようになった。邸に籠って院との接触を避けた。そして台頭してきた頼朝と手を組んで政界の頂点に立つのが我が行く道だとあらためて確認した。だが院が崩じて高ぶりが消えていく中で、このような自分を責めるもう一人の自分に気がついた。

関白という補佐役の筆頭であった自分は院のために何程の役目をしたことであろう。いたずらに院を軽侮するだけで政治に熱を入れなかったではないか。たしかに院にはついていけないものがあった。しかし今様を口誦して仏にすがりながら、誰もついてこなくなった孤独の身をひそめておられた院に手を貸し、共に進む道にどうして気づかなかったのであろう。院にそむいて今更頼朝と組んだとて必ず望みがかなうと立証されるものはないのだ。院を裏切った悔《く》いはますます深くなるだけであろう。

他人との醜いからみ合いから逃れ、あっけらかんとして民衆の中に溶けこんで、後白河院は心を休ませておられたのだ。その法悦に早く気づいて時には馬鹿になり、院と唱和をたのしむ余裕が自分にあったら、二人は気楽に顔を合せ、話し合えたであろう。そして事態は自分にとってももっと穏便に進んだことだろう。自分は黒幕の如く陰険に後にひかえ、院を批判するばかりであった。

あそこまで目線を低くして物を見ることの出来た帝王が今までにあったであろうか。

院と補佐役の自分との齟齬が次つぎと溝を深くしていったのだ。院を理解出来なかった自分に責任は大いにあると兼実は思った。

孤独な院は忠実な臣下を持たず崩ぜられた。幽明境を異にしてしまった兼実は己れの存在が空しく思われた。そして悔しい思いで庭の一樹一樹に目を移した。そしてかすかな風にそよいでうたっているような木々の枝につられて今様をうたいはじめた。すると今まで見えなかった院の本当の姿が見えてくるように思えた。

考えてみれば、この美邸大炊殿は院から一時貸与されていたものだが、遺言によって式子内親王に譲渡されることに決っているのだから内親王にお返しせねばならぬものなのだ。

だが今一度返り咲いて、この大炊殿で活躍し、晴れ晴れとした思いで日々を暮してみたい。その華々しい夢に心躍らせる兼実は、今しばし待って頂きたいと内親王にひれ伏したい思いであった。

兼実は明るく先のことを考えることにした。

兼実の夢破れる

兼実の運命の時がきた。建久六年（一一九五）八月八日のこと、兼実の娘中宮任子に皇女が生れた。儲けの君の皇子を待ち続けた兼実の夢は無残にも砕かれた。それだけならば望みは後に繋げばよいのだ。だが決定的な敗北が三ケ月後に起きた。

帝の宰相の君が皇子を生んだのだ。この皇子が儲けの君となるのだった。そしてあれほど懸念した外祖父としての権威を宰相の君の父源通親に奪われてしまう運命に、兼実は慨嘆した。

上表無くして兼実は関白を辞した。いや、辞めさせられたのだ。続いて中宮も宮中を退出した。中宮所生の内親王は輝くばかりの美しさで帝の寵愛はひとしおだったが、誰のはからいであったのか富裕な八条院の猶子となった。

今となって兼実は大炊殿を舞台とする夢は崩れて、その美邸を内親王にお返しすることに躊躇はなかった。

失意の兼実に追い打ちをかけるような難がその後に起きた。信じていた頼朝が左大臣源通親にかたむいて二人は昵懇の間柄だということなのだ。考えてみれば政界から失脚した兼実に用のなくなった頼朝なのだった。次の天皇の外祖父として通親が権力を握ることは明らかであり、頼朝は早く通親と手を結ぶことが得策であるに違いなかった。

最後の道を断たれた思いで兼実はがっくりと肩を落した。孤独の哀れが身にしむ中で、最後と思う大炊殿で独りで坐す己れを見つめた。自分にお目をかけて下さったかっての後白河院を懐かしく思った。それに答えることをせず今日の敗北に到った報いを謙虚に受けとめた。

日々記すことを怠らず心の内を訴えつづけた分厚い我が日記を綴じ、その上におごそかに院の形見の『梁塵秘抄』を載せて、瞑目して大炊殿を去る覚悟をした。

新しい生活

兼実を中心とする親幕派は凋落し、代って源通親は旧後白河院側近の勢力を率いてむすめの生んだ皇子を立てて勢いを増していた。

大炊殿に移住する日の近づいた式子はその準備で心ぜわしい日々であった。落着いた生活の見通しのついた式子のもとには、後白河院の旧縁につながろうとして訪れる人々や、院の晩年の寵姫浄土寺二位のぐちを伝える者もあり、関東の申次《もうしつぎ》である経房からは、東国の事情を聞くことができた。政界はあわただしく動き、兼実のあとは近衛基通がまたも関白に返り咲いた。

大炊殿に移御した式子は、大きく息を吸い、やっと身も心も落着いた思いを味わった。そして定家がもたらす新鮮な歌壇の動きに心躍らせた。

そろそろ冬の気配のしのび寄る大炊殿であったが、陽射しの明るい日は庭に降りた露霜が七色に輝いて、式子の将来を寿いでいるように見えた。

その式子の様子を聞いて喜ぶ定家は、ふっと気がつくと足が大炊殿にむかって歩きはじめているのだった。

定家の主家の兼実が後白河院から一時拝借していた大炊殿であったから、用務で出向くことが多く、邸内の様子は知り尽しているといっていい。

初冬の庭の美しさはものさびた木々の姿につきる。冬の秀歌が少ないと言われている内親王だが、今まさに秀れた冬の名歌が生まれる機運かもしれない。定家はその好機を邪魔をしてはならないと、どのお部屋からも見透せられない隅の方の石に腰を下ろした。

樹木の発する芳しい香に定家は酔っていた。ひそかに近づいてくる人の気配に定家は気付かなかった。

「また来ていたのですね」

肩に手を置いて声をかけたのは姉の女別当であった。

「内親王様は落着いて和歌に励んでおられますわ。ほっとしました。あの妖言事件のころはこのまま消えておしまいになるのではないかと思われるほどお痩せになりましたがこのごろは少しふっくらとなられました。真面目でお優しく和歌に凝るほかは何もおできになれないお方をおとし入れて得をしようとする悪い人がいるのですね。亡き御父君のご加護でしょう、今日のこのような日を迎えることが出来て、何年もお仕えしてこんなに嬉しく思ったことはありませんわ」

姉が笑みを浮かべて言うのに対して定家が口をはさんだ。

「常にお側についておられるとわからないこともあるのではありませんか。私はあの忌わしい事件は終ったと思っていますけど、内親王様のお心はすっかり晴れてはいらっしゃいませんね。悪い虫がどこかに巣くってしまったのではありませんか」

「そうなのです。私もそう思ったことがあります。でもね。巣くった虫は和歌にとりついた虫で、その虫は内親王様に良い知恵を与えて和歌を詠ませ、人々に潤いをもたらすものではないでしょうか。そう思って拝見していますと、苦しんでお詠みになっていますが、一首出来上った時はふっくらとお笑いになっていいお顔をなさいますのよ」

と女別当は言って自分のことのように屈託のない笑みを浮べて遠くを見やった。

「それにしてもね」

と姉は親しみをこめて弟を見つめ
「内親王様は今こそ和歌に力を入れるべきだとひそかに恃《たの》むものをお持ちになって励んでおられますよ。つい先日の事ですが初心にかえって古来の和歌の体を学ぶために、あらためて和歌について俊成卿に尋ねたいとお心のうちを述べておられましたよ。むつかしいことですが父君をこんなに信頼して下さっていることに私は感激しました」

姉の紅潮した表情に弟の定家も心打たれた。

「それは我が家にとって有難いお言葉ですね。早速この帰りに父君にお伝えしましょう」

姉弟は顔を見合せてほほえんだ。

「それにしても、あれほどのお方が初心にかえって和歌を学び直すお考えとは……私はそのような考えはなく、ただひたすらに人を驚かすような新しい表現や巧みな言葉を組み合せた歌を詠みたいと悩み続けています。これは邪道ですね」

と、定家は黙って首を垂れて、続けた。

「そのような表現方法を学ぶことも大切なことですが内面の切なる心を見つめることを忘れていま

す。自分には追いこまれて悩み続けた経験を思い出すことが出来ません」

「あなたは末子で、私たち兄や姉は、両親の期待を担って活躍するあなたの姿に感動して応援をしました」

「自分はそのことに甘えていました。思えばこのようなこともありました。二十四歳の時のことです。自分は殿上で雅行と口論しました。雅行は利口でした。手を出しませんでした。短気な私は脂燭をもって相手を打ったのです。平常心では考えられないことです。そして謹慎を命じられたのです」

「そうでした。あの時は父も母も兄姉すべてあなたのことを心配しました。こともあろうに宮中で少将源雅行が嘲弄したとはいえ、大立回りを演じてしまった家族の一人の不始末を詫びて頭を下げて廻ったのです」

「左少弁定長殿は、父釈阿の『夜鶴の思ひ』で綴った定家の除籍の解除を嘆願する書状を受取り、後白河法皇に、この不首尾をなんとか円満におさめていただこうと懸命に頼んで下さった。法皇は親の思いを哀れんで恩免の院宣を下さったのです。このことは身にこたえました」

定家は声をつまらせた。

「ですが今、心の底に巣くいはじめたむなしさをなんと説明したらよいでしょう。和歌とは何か、和歌を修めるということはどういうことか。今静かに心に問うています。『式子内親王と和歌』について考える時、定家の和歌のみじめさをつくづく知らされるのです。私こそ和歌を始めから学び直さねばなりません」

「あなたも行き先を見つめて悩んでいるのですね」

「もうそろそろ自分の和歌を見きわめる時です」

と決意を述べると、姉は、

「でもね、内親王とあなたとは違うのです。和歌の宗家に生れたあなたはやまと歌というものを父上から、じっくり仕込まれました。そもそもやまと歌のはじまりは、初めから叩き込まれました。和歌の宗家の使命をあなたは知り尽している筈です。内親王が心の底からしぼり出して発する和歌は、和歌の家の使命とそのあり方について見極めての末に生まれるあなたの和歌とは所詮違うのは当然です。どちらも貴重な和歌です。信仰とか芸術性があなたの中でうごめき始める時、新しい壁にぶつかり、道を開く術がなく、筆がとまってしまうのです。でも私も本当のことはわかりません。父君だって今でも苦吟していらっしゃいますわ。あなたは短気ですぐ結果を出したがるのです。ひたすら詠むこと、それが和歌の道でしょう」

「姉上は自分でお作りにならないから、ためらうことなく気易くおっしゃるのですね」

苦しいものなのですよと定家は思いながら、姉の言葉にいちおう納得したようにうなづいた。しばらくして
「私は幼少のころから父の、文机にむかって書を読む姿勢と苦吟する姿を見つめて育ちました。そしてその姿が自分の理想の世界だと憧れを抱きはじめたのです。父上の背中越しに読めないながら

も父君のするどく屈曲した筆跡をじっと見つめていました。そのような私を父君は学問好きの子供と頼もしく思われたのでしょうか。そばに私を引きよせて文字を教えて下さるようになりました。書を読むこと、書くことは私の性質に合っていたのでしょうか。一時間近くも坐らされていたでしょう。でも苦痛とは思いませんでした。そして書を読み、書く日々が今日まで続いているわけです。父はいつの間にか自分の理想とする和歌好きの青年を育てていたのです。歌集や物語や唐土の古典を読みふけりました。気がついてみたら私は天才児としてもてはやされ、十七歳の時には『別雷《わけいかずち》社《しゃ》歌合』の歌人となっていました。それから二十年、私はどれだけの歌を詠んできたでしょう。ひたすら父の道をたどってきました。今振り返って道に迷ったとしてもむしろ遅かったと言えるでしょう。関白の職をこの度、近衛基通殿が継がれました。世の中は一新するのです。私は考える歌人として脱皮し、深みのある歌人になりたいのです。今までは和歌の基礎を父君から習っていたのです。それを踏まえて一回り大きくなりたいのです。また道に迷うかもしれません。前に前にと突き進んできた道で、ちょっと腰を下ろして考える人になるのも意味があるでしょう。全く道を変えてしまうのではありません」

弟を誇りに思い、信頼している姉は、和歌の家をますます繁栄に導くに違いない定家を頼もしく思った。

春の芽を抱えて立つ樹木に暖かなそして力強い息吹きを感じながら二人は、内親王がこの大炊殿の主として栄えていかれることを切に願っていた。

大炊殿の桜

庭の桜が見事である。桜は朝の澄みきった空の下で、ほのかに漂う香りに包まれて仰ぎ見るのに限る。式子は目をつむって今まで感じたことのないほど、春の喜びに浸っていた。

今までは亡き御父君に頼る日々であった。これからは自分の足だけで歩いていかなければならない。桜があと押しをしてくれるような華々しい前途が見えてくる。気弱になってはいけない。ここのところ、心身の過労からくる病の虫が胸の奥でうごめいて熱を出しているようだ。気のせいだと思えばそうも思えるが、気にすると肩が凝っていて首筋が固く、指で押すと痛い。腕を伸ばしたり曲げたりすると鈍痛がある。このくらいのことは克服できるはずである。待望の大炊殿に住むことが出来、身の回りには桜の樹木がいっせいに寿いでくれているではないか。花の精が病の虫を追い出してくれるはずである。先ず心を強く持って先の希望を掲げねばならない。それはすでに決まっていることである。花に負けない旺盛な精神力で和歌にむかうことである。

和歌の姿のよろしともいい、言葉のおかしというのはいかなることを言うのか、あらためて藤原俊成に尋ねようと思い立ったいきさつを書に認めて俊成に差し出そうと決めた。

そしてこの張りつめた心を誰かに伝えて、桜と共に祝いたかった。

つい十日ほど前に訪れて、つぼみが一気に開花する爛漫の桜をたのしみにして帰った甥にあたる三の宮惟明親王を早く招待して、この桜を共に賞でたいと思った。

惟明親王の妃は経房の孫である。この孫娘を語る時、経房の表情は、どんな心配事があっても一変してなごやかになる。式子も親王により添う妃のものごしに心がなぐさむのである。この夫婦を家族にして同じ御殿に住むことが出来たら、どれほど日常が楽しいことだろうと思う。

式子は一首を認めた。そして惟明親王に贈った。

八重にほふ軒端の桜うつろひぬ風よりさきにとふ人もがな

大炊殿の奥は春にふさわしく沈香の香りが漂っていた。

十二　落花

天上の後白河院

後白河院は現世の未練を捨ててあの世に望みをつなぎ、院らしく飄飄と遠くに姿を消してしまわれた。今ごろは今様を口ずさみながらこの世を見下ろしておいでになるに違いない。しかし怪しい雲行きの世間は院が安心してご覧になれるものではない。院が推して帝位についた帝は十三年経て今、建久八年（一一九七）は十八歳とお若い。利発なお方とはいえどまだ経験の浅い帝には、老練な臣下がいて綿密な補佐をしてさし上げねば、院よりもっとむごい運命に突き落とされないとも限らない。そう考えると院は歯ぎしりして下界を見下ろすよりほかはない。しかし院は考える。自分の行くところにはいつも必ず波瀾万丈の運命が待っていた。だが何とか切りぬけてきた。だから今は目をつむって険悪な天下の情勢など深刻に考えぬ方がよいのだと思うことにした。

いたいけな赤子の手をねじるようにして、抵抗力のない式子を排除しようとした兼実を天が制裁を下して斥けた。式子は世の中の生き方の難しさを痛感したことだろう。少しは生前の父の苦労を察することが出来たかもしれない。院は日頃からひ弱な内親王を庇護して、荒い波風に当てぬようにしてきた。後見の経房や歌人定家は何かにつけて式子の身を守ってくれている。だが経房はこのごろは疲労の色が顔の表情に読みとれる。過労で倒れねばよいが、院は心配である。

兼実は大望を抱きながらすべて事は実らず、遂に関白を免ぜられ、政界から退くことになった。泥沼化した政界を建て直す覇者は頼朝か通親か。どちらもこのごろは疲労困憊の色が眉間に窺える。考えてみればこの勇者達を戦わせて世を混乱させてしまったのは院政の責任者である我れではなかったか。二人に兼実を加えた三者は、策士として、知将としていずれ劣らぬ強者であった。なんという多彩な人物を抱えていた天下であったことか。その人材を適所に置いて采配を振うべき自分は政治を離れて趣味の今様の世界に沈没してしまうことが少くなかった。残った二者もそれぞれ疲弊して空しく退去していくのではないか。

院は雲の上から大炊殿の満開の桜を目を細めて見つめた。

桜が見事に咲いた広々とした庭をそぞろ歩きに花を見上げているのは、女房か童か。頬を桜色に染めて、時々黄色い歓声を上げている。大炊殿に移り住むことが出来て喜んでいる人々や女房達のあのうれしそうな表情はどうだ。

歌人式子が円熟の境地に入って秀歌を詠んでくれたら、こんなにうれしいことはないと院は思った。

「おや、あの人影は誰だろう」

院はかすむ眼を凝らして、じっと見下した。木々の間に見えかくれしていた人物は、桜を見上げていたが、じっと手を胸に組んで考えこむ仕草をした。定家ではないのか。……院は目を細めて確かめた。やっぱり定家だ。

定家は歌の宗家として修練を重ねた。和歌とは何かを考え続けて我慢強く追求してきた。その努力の労はねぎらいたい。しかしその一途な取り組み方は返って定家の和歌の視野をせばめたのではなかろうか。この際自分のことを言うのは当らないが、もっと視野を広げ自分の人生に照射することも大事なことと思われる。定家のことだからそのことに気づき、成果を上げるまでには相当の時間がかかるであろうが期待はもてる。定家が式子の病いを気遣ってたびたび大炊殿を訪れてくるのは、自分の歌の空白を埋める大切なものを式子から見出だせると思っているのだ。だが式子にも定家と同じ事が言える。式子は横道にそれてばかりいる私を正視出来ずに私から目をそらして、自分の世界に籠ってしまったのだ。定家は和歌の殻にとじ籠って苦吟を続ける式子を見て、これこそ歌の髄脳であると称賛した。式子は追いこまれるように和歌のみの世界にのめりこんだ。歌に広がりがなくなり、恋の歌などに父は式子の狂気を感ずるほどだ。そこに追いこんだのは私の責任でもある。もっと大らかにゆるやかに、光のあたる世界を式子のために願いたいが、その根は深く、幽明境を異にしてしまった今は父の願いはもう届かない。それにしても長いこと式子を見捨てていたものだ。

式子の和歌は式子の信仰であるとまで称賛して式子を狭い世界に追いこんでしまったのは父であ

る私の過ちでもあったか、と院は考えるのであった。女性である自我を見つめて、広く人間を考えるべきではなかったか。父は放らつにすぎ、それに反して式子の身辺は氷のように冷たく張りつめているばかりであった。その緊張感でまわりの人は息苦しくなり、より添うことはむつかしかった。その逼塞感が遂には、式子の心身を蝕《むしば》んだのかもしれない。

院は式子に詫びたい思いがした。

主家関白兼実の失脚で、和歌の宗家である定家の身辺に陰りが出始め、九条家に仕える者にも累が及ぶであろうと噂された。主家と和歌の棟梁たる親の七光の下で定家は歌人として栄光の日々を重ねてきたが今しきりに身の振り方と我が歌のあり様に目をむけて、焦燥を覚える定家の内面も院は見通していた。

今までに堅い甲冑のように剛直に張りついてしまった和歌に対する定家流の衣を彼はどのように脱ぎかえるだろうか。生れ変って一から出直したいほどだが、その衣の質は粘りこく硬いはずだ。しかし身に張りついた彼の和歌にはそれなりに捨ててはならない貴重なものがあるはずだ。それに新しい衣が重ねられて、定家の新生がある。でも一面短気な彼が何年もかけてそれを見つける努力をするだろうか。『源氏物語』に活路を見出だそうとしているようだが、どこまで掘り下げて、自分の和歌に結びつけていくだろうか。和歌の宗家の使命とはむつかしいものだ。我がむすめ式子と定家の根底には異なってはいるが一途な和歌の根が張りつめている。その土壌はその辺のどこにでもあるという安直なものではない。そこから生まれる和歌はたやすく壊れはしないのだ。だから式子と定家の和歌の心は交わることはないのだ。

式子は若くして老成してしまった定家の和歌を無条件に称賛することは出来ないらしいが、自分を追いつめて歌の心の根底を見つめる式子は幾年経ても我が歌は底が浅いと嘆いているようだ。定家は内親王の域に達することは至難の業と考えている。だが和歌を考える時、一番身近にいるのが式子なのだ。院はその定家の心を容認することが出来た。

院は今日の定家の動きにいつまでも注目した。定家は下を向いたまま裏門から姿を消した。式子のことが気になって来たのなら、式子に会わせてもらって帰ればよいのに……院も式子が心配でちょっとでもいい、顔色を見るだけでもいいから部屋のなかを覗きこみたいのだ。だが誰も開けてくれない。定家が庭で女房とすこし言葉を交しただけで帰ったのは、式子の容態がそれほど危惧のないところで経過しているということなのだ。

桜は光の感知が敏感らしい。早朝から枝をひろげて自然の放出する養分を充分に摂取した花びらは、やや色が褪せ、ものうい風情である。

院は桜につられて瞼が重くなってきた。うつらうつらと眠気を覚えた。式子も今の時間は文机にもたれて頭を垂れているかもしれない。

定家の追憶

定家は回想する。二十五歳の時、僧西行にすすめられて和歌を詠んだ。『二見浦百首』で『伊勢

百首』または『御裳濯百首』ともよばれているその百首歌の中の一首、

見渡せば花も紅葉もなかりけり浦の苫屋の秋の夕暮

を低い声で口誦した。

この歌は寂蓮の、

さびしさはその色としもなかりけり真木立つ山の秋の夕暮

そして西行の、

心なき身にもあはれは知られけり鴫立つ沢の秋の夕暮

と共に夕暮の秀歌として、人々の口の端にのぼり広まった。青くさい我が歌が二人の大歌人の歌に伍して称賛されるようになるとは。

定家が有頂天になったことは事実だ。修行中の定家は、読みふける『源氏物語』の明石の巻、

なかなか春秋の花紅葉のさかりなるよりは、ただそこはかとなう繁れる蔭どもなまめかしきに……

という文章に陶酔して、己れを明石の海辺のなまめかしさに身を投じ、その感触を哀れに、秋の夕暮に持ちこみたいと作意をめぐらしたのだ。日を追うにつれてその作意が底の浅いものに思えてくるのだった。西行や寂蓮が心の底から生み出す凝縮した情感の歌と並び得るものではないのだった。奥の浅い歌なのだ。ならそこに若さはあるか。それもない。

その苦悶の中、西行が定家に大役を持ちこんできた。老練な歌人西行が、これまでに詠んできた

多くの歌の中から作品を選び出して、三十六番からなる左右とも自身の歌で構成した自歌合せを編み『御裳濯河歌合』として、俊成に判を依頼してきた。それは内宮に奉納するもので、もうひとつは『宮河歌合』で外宮に奉納するものを定家に委嘱してきたのだ。

俊成にならもっともだが、三十歳に満たぬ若輩にどうして西行が大役を申し入れたのかそれを苦慮する定家だったがこの役に挑戦して実力を試してみたかった。若さゆえの無力を意識しながら定家は挑んだ。足かけ二年をかけ、西行の再度の督促にも慌てず、慎重に判詞を進めた。だが勝敗はさすがに身をわきまえて記さなかった。

定家は、西行が奉納した『宮河歌合』によって西行に協力した努力を神が見そなわし、それがまたお上に通じて左近衛権少将となったと、そう信じた。

その翌年建久元年（一一九〇）きさらぎの十六日西行は七十三歳にて没した。

定家は、西行が長い歌歴の中から選んだものを自歌合せにして、俊成父子の判を受けて伊勢神宮に奉納し、遺詠通りに一生を締めくくったことに感動した。定家は西行の和歌を口誦した。

　ねがはくは花のしたにて春しなむそのきさらぎのもちづきのころ

生来の歌人、式子内親王と西行。我には歌の本質に重要なものが欠如しているのだと定家は淋しく思う。七十三歳まで読み続けた西行は、時代の波を、詠むことで乗り越えた。心はいつも冷静に我れを見つめて詠んだのだ。我に妥協は許さず、相手を温かく包みこんだ。そして自然の懐に身をゆだねた。身をあずける自然があったから彼の歌はすべての波風を静めて、穏やかであった。

後鳥羽天皇（『集古十種』第一）

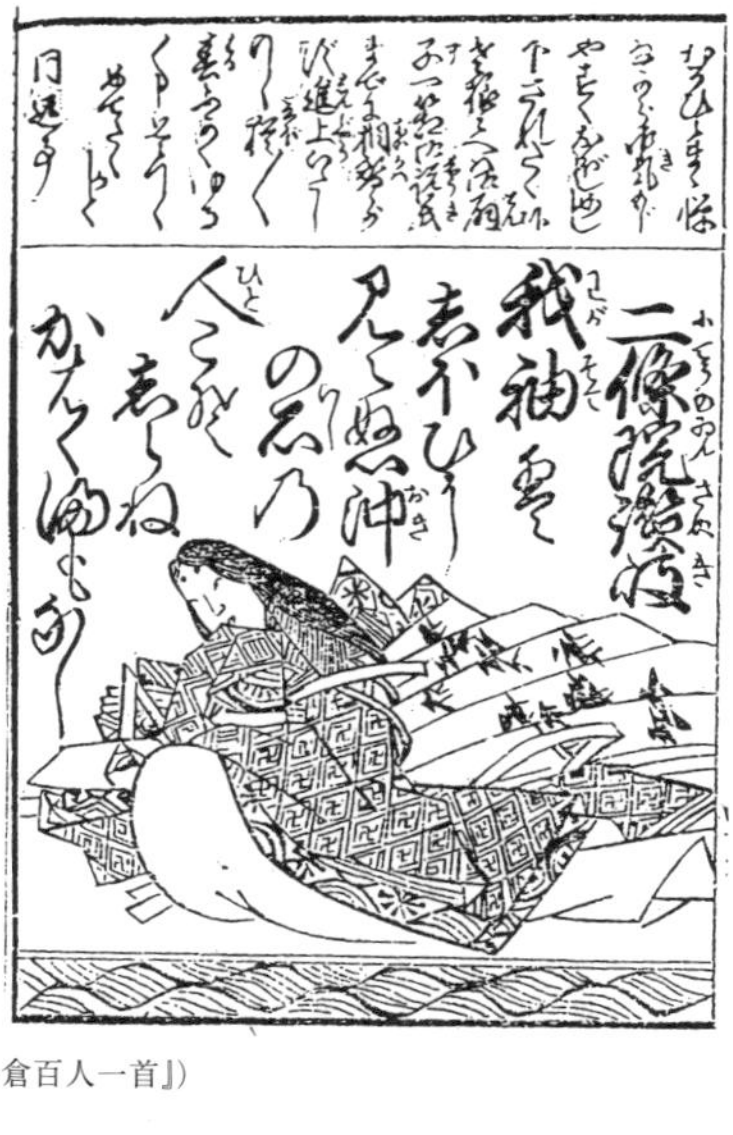

二条院讃岐（『今様源氏　小倉百人一首』）

西行には自身を偽らず凝視する眼の深さがある。定家は式子の情念に人間の重みを感じた。西行には自然と一体になって心のゆらぎを、和歌に詠むことによって均衡を保った大人の歌人であることに尊敬の念を抱いた。定家は自分は和歌に殉ずることが出来るだろうかと、頭を抱えた。

定家は書写することによって、歌の魂を身につける習いがあったが、今日は西行の歌を書写した。

ならひありて風さそふとも山ざくらたづぬるわれをまちつけてちれ

ながめつるあしたの雨の庭のおもに花のゆきしく春の夕ぐれ

はなにそむこころのいかでのこりけんすてはててきと思ふ我が身に

式子の歌はあまりにも多く書写しつづけた。一読おだやかではあるものの、納まりきれない式子の情念を定家はまたも思った。式子は丹念に我が心を詠みながら収めきれないもの狂おしさを傷みつづけるのだった。自分は歌の達人を目指してはいるが、歌に殉ずることは到底出来そうもないと式子と西行に怖さを感じた。

後鳥羽院と勅撰和歌集

父俊成に叩きこまれた和歌の道は少しくらいの迷いで踏みはずすこともなく定家はますます旺盛に活動した。歌壇は定家なしでは語れないほどであった。

建久八年（一一九七）、後の順徳天皇がこの年生まれた。翌年後鳥羽天皇は第一皇子、後の土御門天皇に譲位した。基通が関白から摂政に転じた。こうして皇室は安定したかに見えた。

正治元年（一一九九）一月十三日源頼朝が五十三歳にて急逝した。こうして世は兼実・頼朝の名が消えて源通親の時代となった。

正治二年（一二〇〇）の頃、才能豊かな後鳥羽天皇は和歌にことのほかご熱心で旺盛な活動を譲位と共に展開していった。

後鳥羽院は定家のすべてを受け容れたわけではなかった。定家自身が我が身を嫌悪したくなるような欠点をも院はお見通しであった。

院は和歌に開眼された当初より一世の仕事として和歌の「勅撰集」を深く考えておられたようである。

院は当世の現役の歌人の中からこれぞと思う一人の歌人をしぼりこもうとした。後鳥羽院の脳裡には数人の歌人が入れ変わり浮んでは消えた。しかし少しの懸念はあっても、広い学識で和歌を会得しているのはやはり定家であると思われた。その他六条家の歌人有家や通親の息通具も候補にあげた。院は和歌所寄人の中から一人一人の顔を思い浮かべた。結局単独の撰者もいいが複数の撰者から成る勅撰集も多彩な歌人像を包括することが出来ると考えた。

後鳥羽院が第一の女流歌人として推す式子内親王の和歌はすでに院の脳裡に定着していた。内親王は「もみもみと詠む歌人」として院の敬愛してやまないおば君であった。

行動的な後鳥羽院の活動は具体的に始まった。先ず『正治二年院初度百首和歌』を募った。式子内親王は勿論、定家も作者に加えられた。

内親王家では春宮である皇太弟守成親王を式子内親王の猶子として迎える話がすすみ大炊殿は活気づいた。

しかし内親王家の慶事は実らぬまま立ち消えとなった。この年、忠実な家司経房が薨じたのだ。悪いことに式子の病状は日を追って悪化していた。この東宮猶子立ち消えの件は後白河院の寵姫であった丹後局の差し金であると断言する人もあったが、内親王家では準備に要する莫大な費用の調達は困難な上に有能な家司を欠いた今、病の進む内親王の看護に明け暮れる日々でもあった。

気分の良い日には内親王は英気をふりしぼって、草紙に向かい、朱の紙を貼り継ぎ貼り継ぎして、思いをこめて和歌を詠んだ。後鳥羽院の初度の百首のお召しを受けて、詠進することは今生最後の栄誉あるご奉公であるとひそかに覚悟していた。式子は一刻も惜しんで励んだ。日頃の精進も実って、正治二年（一二〇〇）の九月には百首歌は完成していた。

上皇となった後鳥羽先帝は和歌に情熱を燃やして、勅撰集撰進に当った。和歌所寄人や撰者に選ばれた誰よりもその執着ぶりは強かった。戦乱に暗雲の垂れこめていた世が平和になった束の間の瑞兆と言えようか。

式子内親王薨ず

定家は式子の病状に一喜一憂の落ち着かぬ日々を送ることになった。

百首歌を納めて、ほっとした式子の隙を狙って病魔は襲ってきた。

この度はあらゆる手を加えても病いは進むばかりであった。

正治二年（一二〇〇）の十二月に入ると、定家は一刻も家にじっとしてはいられないほどの焦心の日が続いた。家にいても落ちつかぬまま大炊殿に向かうのだった。

寒さに足並みをそろえるように式子の病状は悪化した。冷え冷えと暗さを増す寒い部屋に、御身を気遣って、暖を入れても暖まらず病巣の御熱は悪寒となって御身を震わせた。

御脚の患部に焼石をあてるという治療を行ったところ火ぶくれがして、侍女達はあわてて冷やしたこともあった。お乳の腫れはどの薬を施しても効果はなかった。腫れは、肩・臂にも表れた。大黄も膏薬も効かなかった。

式子はもうどんなに治療を施してもいたずらに命を延ばすだけで甲斐なきことと諦めの思いで、眼をつむるばかり、御身のつらさをじっと耐えていらっしゃる。この上は神仏に願うよりほか詮なしと人々がしきりに申すのに従って、形ばかりの、土の神の厄払い、呪詛の御祭、生死をつかさどる泰山の神等に祈禱が行われた。

定家はただ内親王の御病の快方に向かうことのみを祈るよりほかなかった。

年明けて建仁元年（一二〇一）一月、内親王は立てない、歩けない御身をただ横たえておいでになるだけであったが、時には気分のいくらか良い日には、詠進した百首歌のことを気にしてお歌を口ずさんでおられた。性格ではあったが和歌にのめりこんで詠む日々の内親王には、心を開いて忌憚なく語り合う師も友人もない孤独の人生であったと内親王自身も思う。でも和歌はいつも孤高の世界に誘って、心を満たしてくれた。自然の中にいる和歌の神に見守られているという充実感があった。生身の人間によって心を満たされるという思いを期待したことはない。そんな生き方は不幸の一つだろうか。失望した時、もっともっと大きな自然に抱かれているという充足感が心を占めはじめていた。

内親王は定家の父俊成に、「和歌の風躰を好ましいとも言い、表現も優れておもむきがあるということは、どのような歌について言ったらよいのか。一般に歌をどのように詠むのがよいかということを、たとえ言葉は長くてもよいから書きあらわして奉りなさい」ということを仰せだされていた。

すでに高齢に達していた父の身を気づかって、秘書役となって常に側で執筆の手助けをしていた定家だったから、父の趣意を知悉していたと言える。だが慎重な父の仕事は遅々としていた。

内親王が重い病いの上で早く完成をと待ち望んでおられることも定家には想像することができた。

定家は父の述べている通り、「本当にこの和歌の道をたとえば木こりが筑波山の木の繁っている所を知り、海人が大海の底までもよく知っているように、和歌のことをよくご存知であるため仰せられたことなのである。ただ歌というものは平易に詠むことだけ承知して、これほど深く尋ね求めようとまでは思いもよらないものである」ことを定家は承知していた。内親王はこのことによって、病苦に耐え、今にのぞんでなお、精神生活をよりよく生きようとしておられるのだと考えるのだった。

父俊成は慎重だが、内親王のお命がもう幾ばくもないという焦りから、定家は草稿を整理した幾枚を、今日も抱えて御所に伺候した。

内親王のご機嫌の少しよい時を姉の女別当がみはからって知らせてくれるのであった。内親王は草紙を読みあげる定家の声に耳を傾けながら、俊成の歌に関する熱い心を聞きとり、和やかな表情でいらっしゃったと姉は言うのである。緊張しているので定家は内親王の心情までうかがう余裕はなかった。

主家である関白兼実が失脚しても、俊成の歌壇に於ける地位は磐石であった。俊成・定家父子は自力で命を懸けて和歌の道を守ってきた。その峻厳な和歌に対する姿勢はあたりを払っていた。

修めてきた和歌の道を、信念をもって語り、まとめて記す機会を与えて下さった内親王にご恩を謝し、執筆する高齢の父に、定家は敬意を表し、補佐する役を進んで丁重に行った。

内親王が定家の訪れを心待ちにしていて下さることも励みとなった。

遁世した俊成の草庵は清く掃き清められ、今はまだ冷たい風が吹いて俊成の法衣の袖にも霜がかかって身をふるわせる。言葉にはならない有難い思いについ涙がこぼれ、磨る墨は滞りがちである。老いの筆の跡も時には乱れたが、その度に気をひきしめて仕事を進めた。

内親王は弱々しく手を差し出され、定家から俊成の文を受け取られる。少し震えはあるものの、きりりとしまった枯淡な老歌人の筆跡をつくづくご覧になる。すぐ疲れてしまってあとは定家に読んで下さいと指でさし示して声には出さず、眼でおっしゃる。

定家はうやうやしく受け取って、内親王のお耳近くで静かにゆっくり読み進める。

実は俊成は内親王の仰せにより、以前に『古来風躰抄』として草紙を奏上していたので、内親王は暗記するほどよくご承知なのだ。幾年か経て再びご覧になりたいとのことで、俊成は読み返し、到らぬところを書き改め、再撰本として奉るべく、齢九十に近い老体を鞭打って励んでいる最中なのである。

内親王のお命は完成までには間に合わないのではないのか。定家は焦る心からお見舞いの度に、新しく浄書した俊成の草紙をもって、御もとに急ぐのだった。

内親王は定家の読み上げる声から、老歌人俊成の肉声を聞く思いで、深い和歌の心をあらためて御身に受けとめようとなさっているのだった。

御病いの苦しみはおっしゃらず、頬の紅潮に法悦のような喜びをお見せになって横たわっておいでになる内親王のお姿は、白い紙を折り畳んだように端正であった。定家は哀憐の心を震わせた。和歌が内親王のお命を救う唯一の手だてのように思えてくる。それに手をお借ししている身の幸せは、最初で最後の尊い時間のように思えた。

昂揚した情熱をもって和歌を語る老父俊成にも定家は限りない尊敬の念をあらためて抱いた。この重みのある一語一句を心に留めて、再び学び直そうとしていらっしゃる内親王の肉体が、徐々に朽ちていくのか。

そんなことがあってなるものか。内親王はいつまでもおいでになって、和歌を継承していかれる第一人者なのだ。底の浅い虚構でしかない我が歌のみすぼらしさを思い、孤高の世界に飛翔する内親王のお姿を思いみつつ、定家は思いあまって、恐れ多くも、つい内親王のお手を握りしめていた。お怒りになるかと畏まる定家の手を内親王は優しく握り返して下さったのだ。

建久九年（一一九八）一月、通親は猶子である在子所生の皇子為仁が四歳となられたのを期に、親王宣言を経ずして皇太子となし、即日十九歳の天皇に譲位をせまった。定家はその違例に対し「弓削法皇は誰人か」と歯ぎしりしたが、どうすることもできなかった。かつて弓削道鏡という人がいた。女帝の側近として横暴な振舞をし、かの人は法皇かとまで言われた。通親はまさに道鏡の如き人物だ。新上皇は退位の翌日というのに背骨も折れんばかりに御鞠を戯れられ、次いで京中の所々に連日連夜ご歴覧と称して飛ぶが如く御車を暴走させた。それはご狂乱としか言いようがなかった。退位後三年の正治二年となっても止むことなく、むしろますます畏怖するものがあった。それが突然のように、院御百首を募られるご沙汰があり、定家は「君子は豹変す」とはこのことかと、上皇の変貌ぶりに目を見張った。それは式子内親王にとってもこれほど目出たいことがあろうかと涙のこぼれる思いでうれしかった。

ふり返ってみると内親王の晩年は暗い事件が打ち続いた。しかし『勅撰集』に向かって上皇は邁進され、内親王も定家もお召しを承って、つつしんで努めることの出来る世にめぐり合えたことは何よりの喜びである。そう思えば一層内親王のお顔が穏やかである。

東宮を式子の猶子とする話は、沙汰止みとなった。有能な家司経房亡きあと骨身を惜しんで働く人もなく、経済的にも無理な話であったが、それを邪魔する人物がいたのだ。それが誰であるか見当はつくが詮索することはやめにしようと定家は思った。内親王にはそのような華々しく重い身分はふさわしくない。平安朝後期に式子内親王と申す薄幸な女流歌人がいて、魂のこもった名歌を数々残して下さった。それだけでよいではないか。そして定家はこうしておそばに侍り、和歌について話を交し、お休みになっている時はお具合はどうなのかと、しみじみとお顔色をうかがっている。後鳥羽院の勅撰和歌集が生まれた時は、内親王のお歌はあらためて人々の感動を呼ぶことであろうと定家は思った。

しづかなる暁ごとに見わたせばまだ深き夜の夢ぞ悲しき

内親王の御胸の内をおしはかるように幾度もお歌を口ずさんだ。

内親王はなかなか目を覚まされない。御病いが重く、疲れきっておられるのか、容態が納まって安らかにお眠りになっているのか。定家はじっとお顔を見つめる。

式子内親王が大炊御門に薨ぜられたのは建仁元年（一二〇一）一月二十五日、御年五十三歳であった。

系図（一）

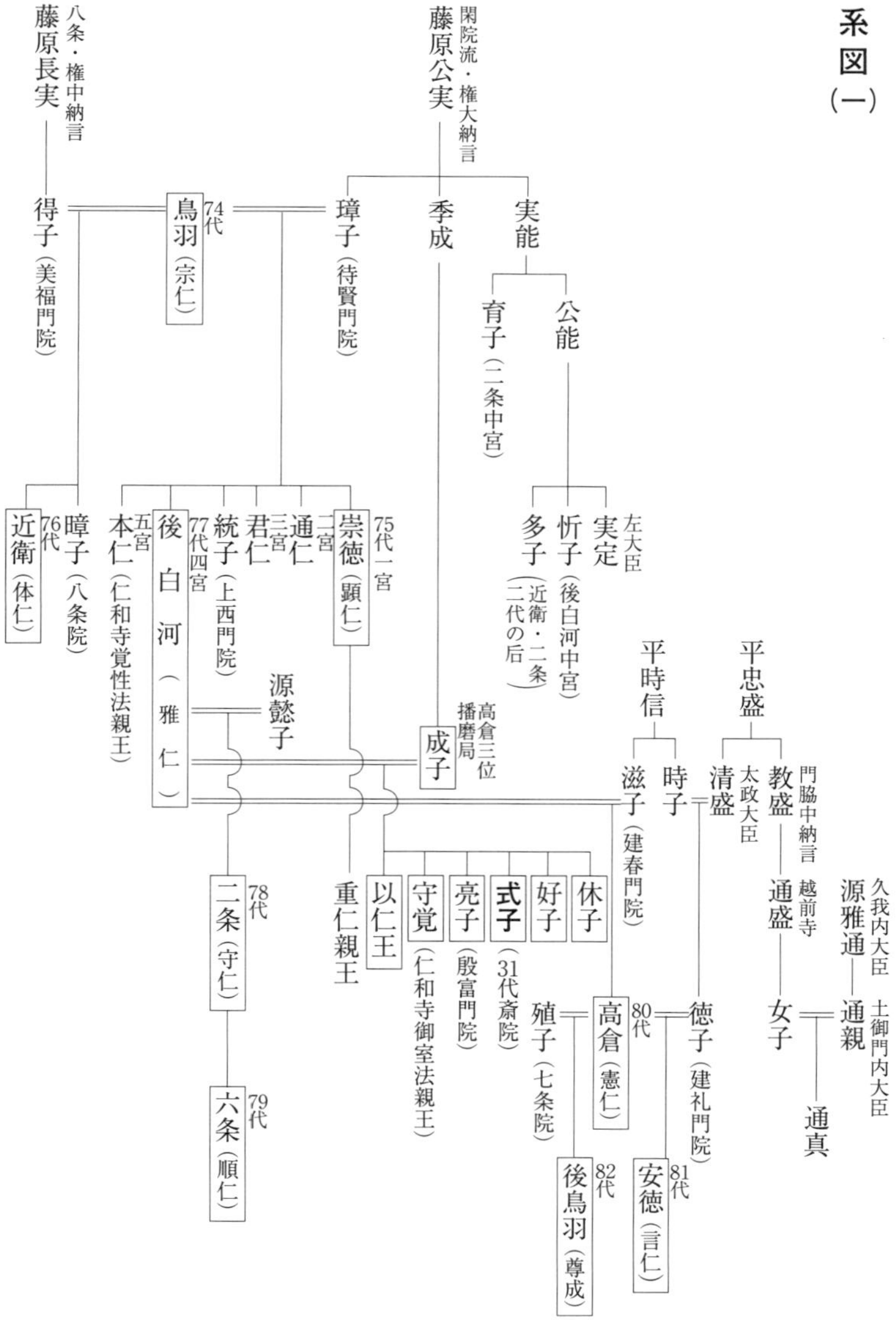
閑院流・権大納言
藤原公実
実能
季成
璋子（待賢門院）
公能
育子（二条中宮）
左大臣
実定
忻子（後白河中宮）
多子（近衛・二条二代の后）
八条・権中納言
藤原長実
得子（美福門院）
74代
鳥羽（宗仁）
75代一宮
崇徳（顕仁）
二宮
通仁
三宮
君仁
統子（上西門院）
77代四宮
後白河（雅仁）
五宮
本仁（仁和寺覚性法親王）
暲子（八条院）
76代
近衛（体仁）
源懿子
高倉三位
播磨局
成子
平時信
時子
滋子（建春門院）
平忠盛
太政大臣
清盛
門脇中納言
教盛
越前寺
通盛
女子
久我内大臣
源雅通
土御門内大臣
通親
通真
重仁親王
以仁王
守覚（仁和寺御室法親王）
亮子（殷富門院）
式子（31代斎院）
好子
休子
78代
二条（守仁）
79代
六条（順仁）
殖子（七条院）
80代
高倉（憲仁）
徳子（建礼門院）
82代
後鳥羽（尊成）
81代
安徳（言仁）

系図（二）

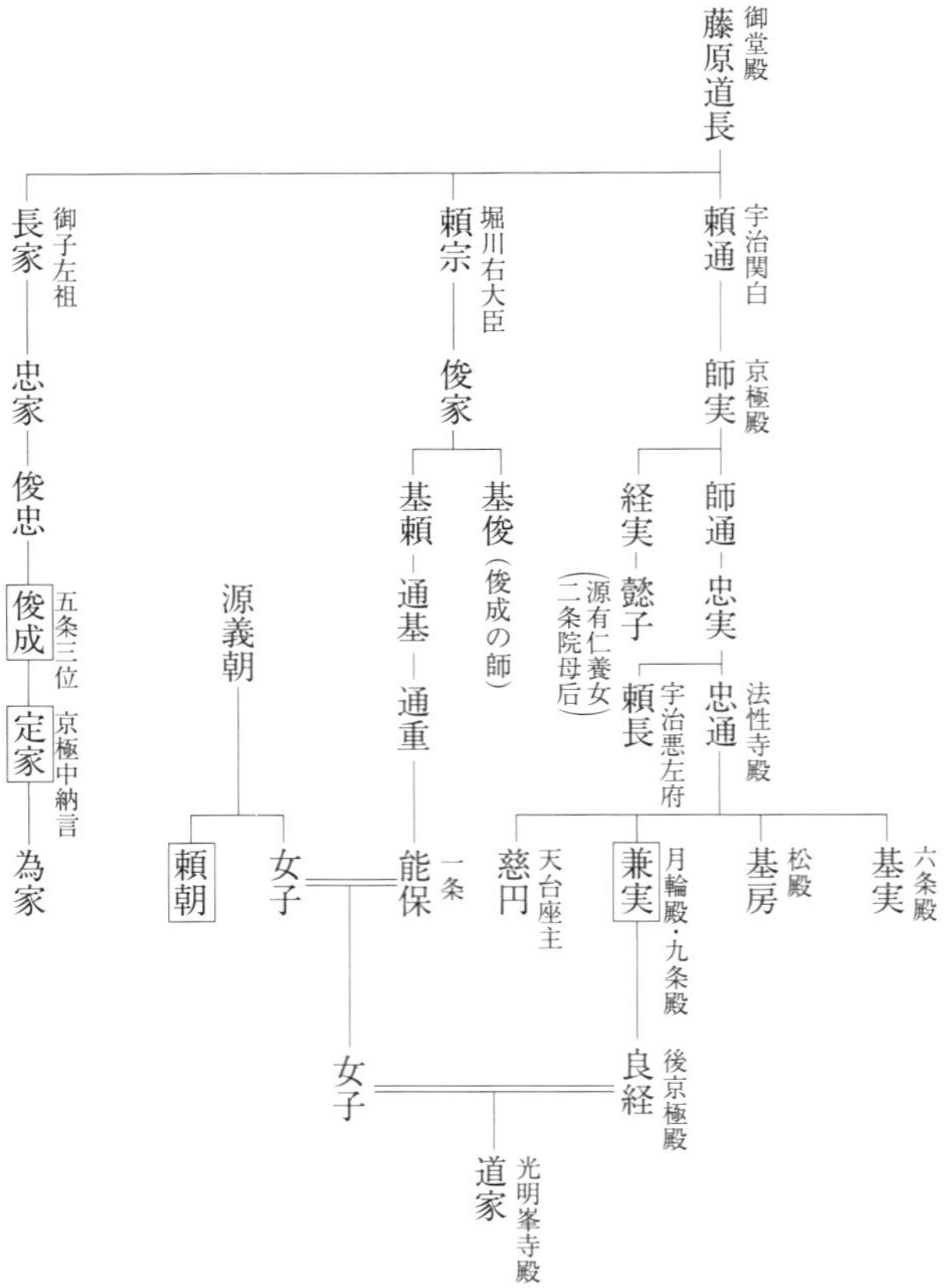

御堂殿
藤原道長
宇治関白
頼通
京極殿
師実
師通
忠実
法性寺殿
忠通
六条殿
基実
松殿
基房
月輪殿・九条殿
兼実
後京極殿
良経
天台座主
慈円
宇治悪左府
頼長
経実
懿子
（源有仁養女 二条院母后）
堀川右大臣
頼宗
俊家
基俊
（俊成の師）
基頼
通基
通重
一条
能保
源義朝
女子
頼朝
女子
光明峯寺殿
道家
御子左祖
長家
忠家
俊忠
五条三位
俊成
京極中納言
定家
為家

あとがき

現代を除いて、平安朝時代ほど女性が、個性ゆたかに、絢爛豪華に、しかも忠実に描写して活躍した時代はなかったと思います。その要因は何だったのでしょう。その背景はどのような社会だったのでしょう。何がそのような美しい世界をもたらしたのでしょう。

立派な一人一人の業績に魅せられて、私は、来る日も来る日も和歌を鑑賞し、文を味わい、その理由をさぐっていますがわかりません。でも分からない方がいいのです。一生の夢として覚まさずに見続けましょう。

この度は式子内親王を見つめました。内親王は孤独で愁い多き歌人でした。どのように戦乱の世を生きたのでしょう。か細い身で生きぬきました。

この度も多くの先達の先生方のご著書から、数えきれないほどのお教えを頂きました。最近のご著書の奥野陽子氏『式子内親王集全釈』の念入りなご研究に大きな助けを頂きました。亡夫とその縁につながる方々、私の教え子、友人、和歌を学ぶ方々やかつて短歌を共に学んだ友人にこの度も励まされました。私の学問のよりどころになっています『並木の里』の会の松村先生、増淵先生をはじめとする方々に今回もお世話になりました。私の文学の泉が涸れませんよう今後も努力するつもりです。

平成十六年三月一日

山口　八重子

著者略歴

山口八重子（やまぐち　やえこ）

1919年　三重県に生まれる

豊原高等女学校並教員講習所（後の師範学校）卒業

8年間、小学校教師歴

著書『小説　和泉式部――憂愁の歌人』（03. 1，国研出版）

小説　式子内親王――孤愁の歌人

定価（本体1000円＋税）

2004年7月31日初版発行

著　者　山口八重子

発行者　瑞原　郁子

発行元　国研出版　〒301-0044　龍ヶ崎市小柴2丁目1番地3,6-204

TEL・FAX　0297(65)1899

振替口座　00110-3-118259

発売元　株式会社 星雲社　〒112-0012　東京都文京区大塚3-21-10

電話　03(3947)1021

印刷所
製本所　壮光舎印刷株式会社

ISBN 4-7952-9224-8　C0093　￥1000 E　Printed in Japan